閻魔裁き《えんまさばき》

吠えろ閻魔

第一章　不気味なお経

一

江戸城本丸の黒書院での会議を終えた寺社奉行・脇坂淡路守安董《わきさかあわじのかみやすただ》は、老中・松平定《まつだいらさだ》信《のぶ》に呼び止められた。

「脇坂。体調は大丈夫か？」

「ええ。おかげさまで元気で働かせていただいております」

そう答えた脇坂だが、定信の額に小指の頭ほどの赤い痣《あざ》のようなものがあるのに気づいた。会議のときは席が遠かったため、わからなかったのだ。

定信も脇坂の視線にうなずき、

「うむ。これだがな」

と、恐る恐るというように自分の額を指差した。

「どこかにぶつけでもしたのですか？」

「ぶつけてなどおらぬ。どうも、誰かに呪《のろ》われているような気がしてな」

定信は声を落として言った。

「呪われて？」

脇坂は、広い廊下をすうっと冷たい風が吹き抜けた気がした。

「五寸釘《くぎ》でも打ちつけられているのやもしれぬ」

「まさか」

脇坂は目を丸くした。

呪いの五寸釘。丑《うし》の刻《こく》参りというやつである。

「だが、これを見てくれ」

と、定信はほかの視線を気にしながら、胸をはだけて見せた。

真ん中あたりに、額と同じくらいの赤い痣ができている。

「ここもぶつけたりなどしておらぬ。だが、数日前からできていた」

「ははあ」

たしかに、定信の身体《からだ》を藁《わら》人形に見立てたら、ちょうど五寸釘を打ちつけるあたりだろう。

「そなたはなんともないのか？」

「ええ、ないと思います」

「胸を見せてみよ」

「こうですか」

言われるがまま、脇坂は胸をはだけさせた。

すると、定信と同じあたりに、ぽつんと赤い点があるではないか。

「ほら、そなたもあるではないか」

「え？　これがですか。こんなものはただ、ダニにでも食われただけですよ」

脇坂はそう言って、指先で掻《か》いてみた。じっさい痒《かゆ》みも感じられる。

「そなたは、そういうのは気にしないのだな」

定信は羨《うらや》ましそうに言った。

「呪いだの五寸釘だのを気にしていたら、寺社奉行などやってはいられませんから」

ニヤリと笑ってみせた。まさに大胆不敵。

「羨ましいのう、そなたは」

「大胆不敵とはよく言われます」

「たしかに」

「猪突猛進《ちょとつもうしん》とも」

「それはほめ言葉では……」

「うむ。どうも女どもが上さまによからぬ告げ口をしているみたいでな、上さまから、あまりおなごには厳しくしなくてもよいぞ、などと言われた」

「まったく、あいつらは……。怒鳴りつけてやればいいではないですか」

と、脇坂は言った。寺社奉行の立場なら難しいが、老中ならできるのである。

「むろん、怒鳴りつけたことはある」

定信は苦虫を嚙《か》み潰《つぶ》したような顔で言った。

「あるのですか?」

「相手が男なら、それは効き目があるよな」

「ええ」

「もう、ははあっと畏《かしこ》まり、下手したら切腹騒ぎさ。相手が男であればな」

定信は「男」というところを強調した。

「あいつらは違うので?」

「まったく動じないのさ。ふん、てなものだぞ」

「ふん、ですか」

「なんだか別の世界の化け物を相手にしているようなものだぞ」

「ははあ」

脇坂は驚いたが、しかし、

――そういうものかもしれない。

とも思った。大奥の女が「ふん」と、そっぽを向くようすも目に浮かんだ。

男と女は、同じ地面の上に暮らしているが、じつは違う世界で生きていて、別の空気を吸っているのかもしれない。

脇坂は、正室のゑい姫のことは大好きだが、それでも脇坂がいる世界の決まりと、まるで別の決まりに従っているような気がするときが多々あるのだ。

「だが、大奥のなかでも、とくにこいつをぎゃふんと言わせれば大人しくなるという者はいないのですか？」

と、脇坂は訊《き》いた。そいつをどうにかして懲《こ》らしめてやるのだ。頭さえ痛めつければ、胴や尻尾《しっぽ》もおとなしくなるはずである。

「それがわからぬのだ」

「わからぬ？」

「いちおう上臈《じょうろう》と、年寄という役職がいちばん上で、年寄には八重垣《やえがき》というのと、大《おお》崎《さき》というのと、ほかにも数人いる」

「ああ、はい」

何人かは見覚えもある。

「ところがあの連中は、一日中、ぺちゃくちゃぺちゃくちゃおしゃべりをして、すべて筒抜け。それで、大奥中が皆、同じ考えになってしまっているのだ。だから、誰か一人を叩《たた》いてもまるで変わらない。男ならあんなふうにはならんな」

「派閥くらいはあるのでは？」

男の世界は必ずある。まず敵をつくって味方を集めるという手法も確立されている。

「あるのだろうが、いまの大奥はそれほどはっきりはしておらぬ。とにかく、大奥のかかりを減らし、代参を制限させようとするものに対し、一丸となって逆らっているのさ」

「千人の女が一丸ですか」

迫って来るところを、夢に見そうである。戦場での敵軍の突撃より、こちらのほうが怖い気がする。

「つまり、対わし」

と、定信は自分を差し示し、

「それと、そなた」

次に脇坂を指差した。

「わたしも？」

「気をつけろよ、脇坂。あの女どもは、なにをしてくるかわからぬぞ。坊主や神主どもと手を組んで、呪いもすれば、罠《わな》も仕掛けてくる。卑怯《ひきよう》な手にも、男のような後ろめたい気持ちなどまるでない」

「なるほど」

いったい、いつから大奥などというとんでもないものができてしまったのだろう？

昔、春日局《かすがのつぼね》とかいった女御がつくったとは聞いたことがあるが、最初から、政《まつりごと》の邪魔をするような、得体の知れないものにするつもりだったのか。

「だが、あいつらを押さえ込まなければ、幕政改革はできぬしなあ」

定信はうんざりした顔で言った。

「おまかせください」

脇坂は胸を張り、大きくうなずいた。

空元気ではない。脇坂には自信がある。女と戦うときは、疚《やま》しい気持ちを持たないことである。そうすれば、かならず勝てる。

ただ、問題はこっちに疚しいことがある場合である。たとえば、女のことでのしくじりやあるまじき贈賄《ぞうわい》など。すると、女というのは独特の勘《かん》でそれを察知し、鋭くそこを突いてくるに違いない……。

二

寺社方の亀山雷蔵《かめやまらいぞう》と鶴田風二郎《つるたふうじろう》は、巣鴨《すがも》にある要銀寺《ようぎんじ》に来ていた。

巣鴨でも一、二を争う大寺である。

ここはつい最近、秘仏開帳《ひぶつかいちょう》をおこなって、大勢の参拝客を集めた。なんでもふた月の開帳で、十万人近い客が来たらしい。

一人十文（二百円）の賽銭《さいせん》としても、百万文。ということは、二百五十両。そのほか、お守りだのおみくじだのが、飛ぶように売れたことだろう。

なぜ、それほど人気が出たかというと、この秘仏はひどく色っぽいもので、

「拝めば、精力が強くなる」

という噂《うわさ》になったかららしい。

なにやら胡散臭《うさんくさ》く、寺社方としてもぜひ検分しておきたかったが、予定を早め、十日短くして切り上げてしまったという。

したがって、二人が来たときは、いつものようにだだっ広いが、ひっそり静まり返った境内《けいだい》になっている。

「わしは何度か来ているが、ここにそんな秘仏があるとは知らなかった。ぜひ、拝ませてもらいたかったな」

と、亀山は言った。

「あんた、まだ精力をつけたいのか」

と、鶴田は呆《あき》れた。

「そりゃあ、そうさ。わしはいま、独り身だぞ」

「お目当てでもいるのか」

鶴田はからかうように言った。

「邪推はよせよ」

「まさか、あの女じゃないよな?」

「誰?」

「ときどき現われるくノ一」

「……」

亀山は返事をしない。

「ま、たしかにいい女ではあるがな」

そういう鶴田も、あの女のことは気にはなっている。

「ご開帳が終わったなら仕方がない。帰るぞ」

亀山は踵《きびす》を返した。

鶴田も後を追う。

山門を出てすぐである。

二人は、おかしな光景を見た。

寺の前の道で、一人の僧侶《そうりょ》とすれ違ったのだが、後ろでその僧を拝む男がいた。

歩きながらお経を唱えている。

僧はちらりと後ろを見たが、男が拝んでいるのを見ると、嫌そうに顔をしかめ、山門からなかに消えた。

「なんだ、いまのは？」

亀山が鶴田を見た。

「ああ、なにか気になるな」

素直に見れば、徳の高いお坊さんの後ろ姿に、巷《ちまた》の信心深い民が思わず手を合わせたという、うるわしい光景に見えたかもしれない。

だが、ひねくれた物の見方が沁《し》みついている二人には、ひどく胡散臭い光景に映った。僧は嫌そうな顔をしたのだ。

門前の提灯屋《ちょうちんや》のあるじに、

「いま、ここを通った坊さんは、要銀寺の住職かい？」

と、亀山は訊いた。

「そうです。竜光《りゅうこう》さまですよ」

五十くらいのあるじの言い方には、尊敬の念がこもっている。

「若いな」

ちょっと見には、三十代どころか、二十代後半といったあたりだった。ただ、上等そうな僧衣のせいか、それなりの威厳は感じさせた。

「ええ。若いけれど、立派なお方ですよ」

「立派かもしれぬが、後ろ姿を拝まれるほどか？」

「ああ、いま、拝んでるのがいましたね。この数日、あんなことがあるんですよ」

あるじも、それは確かに変なのだが、というようにうなずいてみせた。

「この数日のことか……」

亀山と鶴田は、ふたたび寺のなかに入り、走って追いかけて、竜光に声をかけた。

「ご住職、待たれよ」

竜光は振り返って、

「どちらさまかな？」

と、怪訝《けげん》そうに訊いた。

「寺社方の者でな、支配留役《しはいとめやく》の亀山と申す。ここには、前の住職のとき、何度か来たことがある」

「そうでしたか」

「秘仏を見たくて来たのだが」

「お生憎《あいにく》さまです。次にお目にかけられるのは、百年後になるはずです」

それではもう、見られるわけがない。

「ご住職に頼んでも駄目なのかい？」

「御仏《みほとけ》のことですので」

自分にも決められないと言いたいらしい。

「同じく寺社方小検使の鶴田だがな」

「お疲れさまでございます」

「ご住職は、ずいぶん崇《あが》められているではないか。後ろ姿を拝んでいる者がいたぞ。まるで生き仏だ」

と、鶴田は言った。

「そういうものではありませんよ」

竜光は嫌そうに手を振った。

「いい気持ちじゃないのか？」

「むしろ、気味が悪いです」

「だったら、嫌がらせだろう」

「さあ、そんなことをされる覚えはないのですがね」

本当に知らないのか。

どうも竜光は訳を知っているような気がする。

「拝むのは、いまのやつ、一人じゃないのか？」

鶴田はさらに訊いた。

竜光は返事をしぶるようだったが、

「違いますな。何人もいます」

「武士もいたりするのか？」

「いえ。皆、町人のようです」

「ふうむ」

「まあ、なにかの気の迷いでございましょう。では、拙僧《せっそう》は用がありますので」

そそくさと堂宇《どうう》のなかへ入ってしまった。

その足取りは、僧侶というより、屋根の上を歩く火消しのように軽々としていた。

三

陽《ひ》が西に沈みつつある。

亀山と鶴田は、要銀寺の裏手に回ってみた。当然、そこは墓地になっている。居並ぶ墓石の群に夕陽が当たって、朱色に染まっている。この刻限だけは、墓地が人生の終焉《しゅうえん》の地とは思えないくらい、派手派手しく華麗に輝き渡るのだった。

そんな景色を眺めながら、

「なんかあるよな」

と、亀山は言った。

「ああ。あの住職はなにか隠してるな」

鶴田も本堂のほうを見てうなずいた。

「なんだろう？」

「さあ」

鶴田は首をかしげた。

「しかも、住職のあの身のこなしを見たか？」

「相当、鍛えているよな。武術かね？　それとも、荒行であんなふうになった？」

「いくら荒行でも武術の鍛練とは違うさ。あんな身のこなしにはならぬだろう。それに、拝んでいたやつは、町人というよりやくざみたいだったぞ」

「そうだな」

墓地にはまだ墓参りに来ている者がいた。

亀山は、近くにいた中年のおかみさんに声をかけてみた。

「どうだね、ここの若い住職は？」

「ああ、あの若いお坊さんね」

と、顔をしかめ、

「まあ、遣《や》り手《て》よね」

こっちは尊敬の念は感じられない。というより、おまけしてくれない店のあるじでも許するみたいである。

「遣り手か」

「このあいだの秘仏開帳だって大儲《おおもう》けしちゃったでしょ」

「ほう」

「しかも、こんなに宗派なんか固まっちゃってるのに、まだまだ檀家《だんか》を増やそうっていうんだから」

「こんな大きな寺でも、もっと大きくしたいのかね？」

「本山のほうで、でかい顔をしたいんじゃないんですか」

「なるほどな」

このおかみさんは、なかなか頑固そうで、お寺のあり方についても一家言があるらしい。

「でも、あんまり派手にやるから、境内で人が殺されたりするのよ」

「殺された？」

亀山と鶴田は顔を見合わせた。

驚くべき話が出てきた。そんなことがあったら、当然、寺社方にも報告が来ていなければならない。だが、そんな話は聞いていない。

「そうよお。あの秘仏を見せた御堂の裏のあたりでよ。仏さまの後ろで人殺しは駄目よねえ。まだ、しばらくやるはずだった秘仏開帳を、慌ててやめたのも、そういう騒ぎがあったからじゃないの」

「そういうことか」

亀山がうなずいた。

「さっき、ここの住職の後ろ姿を拝んでいるやつがいたぞ」

と、鶴田がおかみさんに言った。

「ああ、いますね。でも、住職さんだけじゃなく、ここのお坊さんは皆、拝まれているみたいですよ」

「そうなのか」

「小坊主に毛が生えたようなのにまで。変ですよね」

「拝んでいるほうは、檀家の者か？」

「檀家とは限らないんじゃないですかね」

そこらはよくわからないらしい。

「住職は尊敬されているのではないのか？」

鶴田はさらに訊いた。

「どうなんでしょうね」

おかみさんは、どうも賛成したくないらしく、

「あたしは、前のご住職とは気が合ってたんですがね」

と、言った。

亀山と鶴田が墓地から本堂の正面にもどって来ると、ちょうど鐘撞《かねつ》き堂《どう》に住職が出て来たところだった。暮れ六つ（午後六時）の鐘を撞くらしい。駒込《こまごめ》のほうからも鐘の音が聞こえていた。

「ご住職」

亀山が声をかけた。

「おや、まだいらっしゃったのですか」

「ご住職がじきじきに鐘を撞くのかい？　小坊主の仕事かと思っていたぜ」

「音色に自信がありましてね」

そう言って、一つ撞いた。たしかに重厚ないい音色だが、撞き方で違いが出るとは思えない。

音の余韻が消えるのを待って、

「ところで、ここで人が殺されたらしいな」

と、亀山は言った。

「おや、お耳に入りましたか」

と、住職はまた一つ撞いた。

「なぜ、寺社方に届けなかった？」

「なにも問題なく収まりましたし、わざわざお忙しい寺社方のお役人を煩《わずら》わせることもなかろうと判断しまして」

「だが、ことは人殺しだぞ」

「というより、喧嘩《けんか》でしょう。やった者は、そのうち名乗り出て来るはずです」

「勝手な理屈でものを言うな。判断はこっちでやる。その件について、調べさせてもらうぞ」

亀山は有無を言わさぬ調子で言った。

四

その夜――。

脇坂淡路守は寝間の布団に寝そべって、西のほうを向いて祈りを捧げている正室のゐい姫を、愛《いと》おしそうに眺めていた。

なんでも、今日はゐい姫が大好きだった叔父《おじ》の命日とのことだった。

ゐい姫は、昼間も墓参りに行って来たのだが、ちょうどいまくらいの刻限に亡くなったそうで、またも祈り始めたのだ。

低い声でお経を唱えていたが、途中、

「あ」

と、短く叫んだ。

「どうかしたか？」

脇坂が訊いた。

「いま、叔父上と話したことを急に思い出したのです。すっかり忘れていたのに、たぶん叔父上がここに来ているのでしょうね」

「……」

あまり来て欲しくないが、ゑい姫の思い出は気になる。

「叔父上が、わらわに、ゑいはどんな男の嫁になりたいのだ？　と、お訊きになったのです。それで、わらわは、ウサギのような人のところにと、言ったのです」

「ウサギかよ」

脇坂は不満らしい口調で言った。

「だって、真っ白できれいですし、抱っこすると可愛《かわい》いし」

「だが、ゑいはおれと結ばれたぞ」

「はい。叔父上は殿を見て、どう思われたかしら」

「ウサギのようなやつと思われたら嫌だぞ」

「あら、そうですか？」

「嫌だよ。ウサギなんか弱っちいだろうが」

「弱っちい？」

「熊《くま》や狼《おおかみ》にぺろりと食われてしまうだろう」

「でも、わらわは熊や狼みたいな男の方は、どうにも嫌ですよ」

「ふうん」

「わらわは、白くて可愛いウサギは大好きです」

「……」

脇坂はなんと言ったらいいか、わからない。

「そんなことより、姫、ここ、見てくれ」

と、脇坂は寝巻の胸を広げ、真ん中を指差した。

「どれです？」

「ここに赤い痣みたいなものがあるだろう？」

「どれ？　痣ですか、これ？」

ゑい姫は、目を近づけ、脇坂の胸をじいっと見た。息がかかって、くすぐったい。

「違うか？」

「ちょっとお待ちを、あたしも夕べ、痒くて」

と、ゑい姫は後ろを向いた。

「どこだよ？」

「駄目ですよ、見ては」

「いいじゃないか。おれたちは夫婦だぞ」

「でも」

「同じ人間同士でなにが恥ずかしい？」

「わかりました」

着物の裾《すそ》をそおっと割った。太股《ふともも》の内側である。脇坂もこれには胸がときめいた。

「ほら、ここ」

確かに小さな赤い点がある。

「あ、おれのと同じだ」

「虫に食われたのですよ」

「だよな。虫だよな」

安心したように言った。

「虫じゃなかったら、なんなのです？」

「いや、誰かに呪われているのかなと」

「五寸釘で？」

「まあな」

「おなごの恨みを買ったのですか？」

ゐい姫の目がきらりと光った。

「ほら、大奥の女中どもだ。ゐい姫にも話しただろう」

「ああ、なるほど。でも、殿さま、ご安心を。五寸釘で呪われたときの、いい手がありますよ」

「そうなのか」

「蒲鉾《かまぼこ》の板を枕元《まくらもと》に置いて寝るのです。お待ちください。用意させましょう」

ゑい姫はじっさい台所に行き、身を削《そ》ぎ落とした蒲鉾の板を持って来て、脇坂の枕元に置いた。

「この蒲鉾の板が、呪いや釘の先をぜんぶ受け止めてくれますよ。さあ、もう、これで安心してお仕事してくださいまし」

「む」

脇坂はうなずいたが、やはり男と女は違うものだという思いがひしひしとした。

五

翌日――。
亀山と鶴田は、要銀寺の門前にある水茶屋に陣取り、寺の坊主を拝むやつらを見張ることにした。

水茶屋の娘に亀山は声をかけた。

「ここんとこ、柄の悪いやつらが増えてないか？」

「あ、増えてます」

「やくざだろう？」

「ええ。なんでも、根津《ねづ》の金六《きんろく》親分の一家が来ているらしいです」

「根津の金六が？」

亀山は首をかしげた。

「知っているのか？」

と、鶴田が訊いた。

「ああ。若いがけっこうな羽振りだ」

やくざというと、町方の管轄に思われがちだが、やくざと寺社は縁が深い。お祭りなどはかならず地元のやくざがからむし、揉《も》めごとが起きたときは、やくざが収めたりもする。もちろん、じっさいはやくざが揉めごとをつくる場合のほうが多い。

「そいつの縄張りではない？」

「ああ。小石川《こいしかわ》は、町人地が少ないこともあって、それほど大きな顔をしたやくざはいない。むしろ駒込の鴨蔵《かもぞう》という親分の縄張りになっていたはずだ」

と、亀山は言った。ずっと寺社方の支配留役をしてきたので、そこらのことも詳しくなってしまった。

「もしかして、この前、殺されたってのは、金六一家の者か？」

「あ、そうかもしれません。あ」

水茶屋の娘が、通りの向こうを見て、目配せをした。

柄の悪いのが二人でやって来た。

二人はふらふらと歩いて来て、この店の縁台に腰をかけた。茶を頼み、要銀寺の門のほうを見ている。住職が出て来るのを待つのだろう。

亀山と鶴田は、二人の動向を見守った。

やがて、山門から僧侶が一人、出て来た。住職ではない。

が、二人は縁台に代金を置き、立ち上がって僧侶の後を追った。亀山と鶴田もその後につづいた。

二人は、歩く僧侶のすぐ後ろで、声を出してお経を唱えた。

「般若波羅蜜多時《はんにゃはらみったじ》」

僧侶は振り向きもせず、無視して歩いて行く。

「おい」

亀山が男の背中のあたりをむんずと摑《つか》み、後ろに引いた。

「なに、しやがる」

男は息巻いた。

もう一人のほうも立ち止まり、片袖《かたそで》をまくり上げて、彫り物を見せた。やくざには
おなじみのしぐさだが、亀山や鶴田にしたら、そんな脅しはちゃんちゃらおかしい。

「粋《いき》がるな。わしは寺社方の者だ」

「じ、寺社方がなんの御用です？」

亀山の迫力に押されたように、やくざは訊いた。まだ、二十歳《はたち》をいくつか出たくら
いだろう。

「根津の金六のところの者だな？」

「そうですが」

「なに、坊さんたちに嫌がらせしてるんだ？」

「嫌がらせ？」

「後ろを追いかけて、お経をあげたりしてるだろうが」

「こ、これは、立派なお坊さんなので、拝んでいるだけですぜ」

しらばくれた返事である。

「ふざけるな、お前、般若心経を唱えていただろうが」

「ええ」

「この寺は法華《ほっけ》だぞ」

「法華なんですかねえ」

男はそう言って、にやりと笑った。

「どういう意味だ？」

「わからねえんですよ。わからねえから拝んでいるんで」

「……」

なにかあるのだ。

「この前、境内で殺されたってのは、お前の仲間だな？」

「そうです。竹吉《たけきち》っていいました」

「竹吉に、なにがあった？」

「それがよくわからねえんですよ。あっしらが駆けつけたときは虫の息で。しかも、住職は医者も呼ばず、生きてるのにお経を詠《よ》みやがっていて」

「ほう」

「竹吉は死ぬまぎわ、ひとことだけ、法華じゃねえと言ったらしいんです」

「法華じゃねえ？」

「竹吉の宗旨が違ったんでしょう。それなのに、南無妙法蓮華経《なむみょうほうれんげきょう》を唱えられ、生きながら仏にされたんです。だから、おれたちも皮肉いっぱいに生き仏扱いをしているわけですよ」

「そういうことか」

亀山と鶴田は、うなずき合った。

六

亀山と鶴田は、そのあとも殺しの現場のことで訊き込みをつづけ、昼過ぎに汐留《しおどめ》の竜野《たつの》藩邸にもどって、脇坂に報告した。

脇坂は庭で弓の稽古《けいこ》をしていたが、すぐに井戸水を三杯浴びると、二人の話に耳を傾けた。

鶴田の説明をざっと聞いて、

「このひと月ほど、寺社の境内で殺しなどあったか？」

「報告はありませんでした」

「なにか、おれたちに突っ込まれたくないことがあるのだろうな」

脇坂は嬉《うれ》しそうな顔をした。

「腹を刺されたので、まず助からなかったでしょうが、それでも医者も呼ばずにお経をあげたというので、仲間のやくざたちは怒っているのです」

「ふうむ」

「しかも、竹吉とは宗旨の違うお経をあげたというので、やくざどもはますます怒り、要銀寺の住職の背中に、般若心経を唱えるという嫌がらせをつづけていました」

「そりゃあ、鬱陶《うっとう》しいだろうな」

「そう思います」

脇坂は、すっと眉間《みけん》に皺《しわ》を寄せると、

「だが、やくざがその程度のことで済ませるものかな?」

と、訊いた。

「と言いますと?」

「身内の者が見殺しにされたんだろう?」

「ええ」

「なんのかんのいちゃもんをつけ、大金を脅し取るのがやくざってものじゃないのか？」

「たしかに」

「金はせびっているが、出さないのかな？」

「そんな感じでもなさそうでした」

「変だよな？」

「言われてみれば変です」

脇坂の独特の勘が働いたらしい。

しばらく考えていたが、

「ははあ」

脇坂はぽんと手を叩いた。

「なにか？」

鶴田が訊いた。

「秘仏堂の裏で刺されていたんだよな？」

「はい」

「死にそうになっていたのに、住職は医者を呼ぶでもなく、お経を唱えていた」

「そうらしいです」

「そこへ、刺された男の仲間が来て、なにか言おうとしているみたいなので、耳を口に当てた」

「はい。それで、言ったことがどういう意味かわからず、仲間の男は、え？　という顔をしたそうです」

「だが、法華じゃないと、お経に文句をつけたのだろうと」

「ええ」

「なんとなくわかってきた」

と、脇坂は言った。

「それは凄《すご》い」

亀山は驚いた。脇坂は恐ろしく勘が鋭い。

「カギは秘仏だ。秘仏を見に行こう」

「見に行くとおっしゃっても、秘仏は仕舞ってしまったら、もう見せませんでしょう。次は百年後だと申しておりました」

と、亀山は言った。

「ぜったい見せぬか？」

「ええ。門外不出、誰にも見せないものを見せるから、価値があり、人も集まるのです。それをお奉行が無理やり見たりすれば、要銀寺だけではない、法華の宗派、いやあらゆる寺の反感を買うおおごとになりますぞ」

亀山は本気で進言した。

「そうか」

さすがの脇坂もそれはまずいと思い直したらしく、腕組みして考えたが、ふと顔を上げて、

「今日は幾日だ？」

と、訊いた。

「晦日《みそか》です」

鶴田が答えた。

「要銀寺の秘仏開帳はいつまでやるはずだった？」

「今日までですね」

「そういうことで届けも出ているのだな？」

「そうです」

「十日前に急遽《きゆうきよ》、やめにしたが、その届けは出ているか？」

「あ、どうせまもなく終わりますし、そういうのはいちいち出していないと思います

が、ちょっと確認して参ります」

鶴田は立ち上がり、事務方のほうへ行ってすぐにもどって来ると、

「やはり、出ておりませんでした」

「よし。本当は今日までやっていなければならないのに、勝手に切り上げたのだ。おれたちはお役目上、その秘仏を検分するのが当然だ」

脇坂は立ち上がった。

七

馬を駆って巣鴨までやって来ると、脇坂は境内のなかまで馬で入った。

「なにごとです」

住職の竜光やほかの坊主たちが飛び出して来た。

さすがに、前に立ちはだかった坊主たちを蹴散《けち》らしたりすることはなく、脇坂は馬から降りると、僧侶たちを見回し、

「寺社奉行・脇坂淡路守だ」

と、言った。

「寺社奉行といえ、境内に馬で乗り入れるなどもってのほか」

竜光も一歩も引かない。

「急いでいたのだ。開帳している秘仏を検分に参った」

「なんと。だが、仏はすでにおこもりになられました。お奉行さまといえど、いったん秘仏となったからには、どんな理由があれ、ふたたび人目に晒《さら》すことはできませぬ。百年後にお越しくださいませ」

「なにを言うか。おれたちは今日までということで秘仏開帳の届けを受け取っているぞ。だから、こうして検分に参ったのだ。届け出もなしに、勝手に切り上げるほうがおかしいだろう！」

脇坂の流れるような弁舌である。

「ううっ」

明らかに脇坂の言い分が正しい。

「早くせよ」

住職もここは言うことを聞くしかない。

「では、こちらに」

本堂の横にある秘仏堂へ案内された。

五坪分ほどの八角形をした新しいお堂である。

「ずいぶん新しいお堂ではないか?」

と、脇坂は訊いた。

「今年の夏に完成したばかりですので」

「百年ごとに開帳する秘仏ではないのか?」

「ゆえあって、本堂の奥に秘匿《ひとく》されていたのです」

「なにゆえだ?」

「盗人《ぬすっと》に狙《ねら》われたようです」

「それをそなたが出して来たわけか」

脇坂は疑わしい目で住職を見た。

大きな錠前が外され、扉が開けられた。さらに、奥の観音扉《かんのんとびら》を開けた。

秘仏は奥にいた。ただ、光が乏しく、はっきりとは見えない。

脇坂は住職が押しとどめようとするのを無視して、なかに入った。

「よく見せてもらうぞ」

脇坂が無雑作に掴もうとしたので、

「ありがたい観音さまですぞ!」

と、住職が叫ぶように言った。

「やかましい。おれは寺社奉行だ。神も仏もおれが裁くのだ」

「なんということを」

脇坂は手に取った。金色の、十寸（三〇センチ）足らずの観音さまである。ずしりと重く、おそらく銅像に金めっきを施したのだろう。だが、剝《は》げていたり、煤《すす》けていたり、相応の年季は感じられる。

赤子を抱くように抱えて、

「美人だな」

「畏《おそ》れ多いことを」

竜光は咎《とが》めるように言ったが、脇坂は正直な感想を述べたのである。

さらに、じいっと見た。

「なにかお疑いでも？」

「いや」

なんとなくゑい姫に似ている気がしてきた。

「ありがたい気持ちになりませんか？」

竜光は落ち着きを取り戻した声で訊いた。

「なってきた」

嘘《うそ》ではない。

許されていくような気持ち、とでも言うのか。自分を格別、悪たれだとは思わない。むしろ、正義感は強い。だが、後ろめたいような、自分のような者がという気持ちは、つねにどこかにある。

そうした気持ちに対し、やさしくうなずき、そっと抱きとめてくれるのが、仏であり、神ではないのか。

八

秘仏は脇坂に、敬虔《けいけん》な気持ちを呼び起こしてくれたが、悪事を暴く手がかりにはならなかった。

「ご覧になったら、どうぞお引き取りくださいませ」

竜光にそう言われ、「今日のところは」と相成った。

山門を出て来て、

「ほかの観音さまも見てみたいな」

と、脇坂は言った。

「なにゆえに？」

亀山が訊いた。

「うむ。なんか変な感じがしたのだ」

「そうですか。あ、ここから近いところですと、団子坂《だんござか》の喜楽院《きらくいん》に聖《しょう》観音が」

「行ってみよう」

喜楽院では脇坂は名乗ったりせず、寺社方の見回りということで観音像を拝観することにした。寺社奉行の検分とすると、騒ぎが大きくなるのだ。

こちらの聖観音像は、秘仏ではない。大きさは人と同じくらい。これも銅像に金メッキを施したもののように見える。

「なるほど」

脇坂は手を合わせたあと、じいっと鑑賞し、

「そもそも観音さまとはなんだ？」

と、亀山に訊いた。

「菩薩《ぼさつ》です。如来《にょらい》の次の位にあられる仏で、正しくは観世音《かんぜおん》菩薩、あるいは観自在《かんじざい》菩薩とも言われています」

亀山はそう答えた。

「だが、さっきの観音さまとこの観音さまは、ずいぶん違うようだな」

「ええ。観音さまは三十三の変化をなさるというので、さまざまな姿の像がつくられているのです。十一面観音といって、頭に小さな顔が並んでいるものをご覧になったことはないですか？」

「あ、あるな」

「千手《せんじゅ》観音といって、手がいっぱいあるものもあります」

「うむ。それも、京のどこかの寺で見た」

「ほかにも白い着物をまとった白衣《びゃくえ》観音や、怖い顔をした馬頭《ばとう》観音などもあります。そんなふうに、もともと厳密なかたちはないため、巷の仏師だの、彫師によって、いろんな観音さまがつくられています」

「さっきのもその類《たぐ》いか？」

「やけに色っぽかったから、そうでしょう」

「なるほど」

と、脇坂はうなずき、

「雲には乗らぬのか？」

さらに訊いた。

「雲にですか？」

「さっきのがどうもなにかに乗っていて、身体の均衡《きんこう》を保っているような気がしたのだ」

「そうでしたか」

亀山はそんなふうには思わなかったので、鶴田を見た。

「さあ、そんな観音さまは見たことがありませんが、でも、雲に乗っていても、なんの不思議もありませんね」

鶴田はそう言った。

「ところで、あそこにいるのも観音さまかもしれぬな」

脇坂は、そっと後ろのほうに向けて顎《あご》をしゃくるようにした。

「え？」

亀山と鶴田は、脇坂が示したほうを見た。

「ああ」

くノ一のさつきである。

定信が護衛を命じたくノ一で、脇坂が出かけるときはつねに近くにいて、敵の襲来を警戒している。

亀山と鶴田は、自分たちがいて、まだ心配なのかという思いもある。

不思議だが、このくノ一は身を隠さない。むしろ、際立った美貌《びぼう》を見てくれと言わんばかりである。

今日は、薄い茶の地に朱の縞《しま》が入った着物が、なんともあでやかである。

気がつくと、脇坂、亀山、鶴田の三人の男たちは、じいっとさつきを見ていた。その眼差《まなざ》しは、たしかに観音さまを拝むときのようだった。

脇坂が最初に気を取り直し、

「それはそうと、殺された竹吉は、たぶんあの秘仏を見て、なにかに気づいたのではないかな」

と、言った。

「なにかとおっしゃいますと?」

「もしかしたら、以前、どこかで見たとか」

「なるほど」

「お経に文句を言ったのではなく、この秘仏は法華宗のものではないという意味で、法華じゃないと言ったのではないか」

「ははあ」

二人は感心している。

たしかに、竹吉は秘仏堂の裏で殺された。後ろの窓から、秘仏をのぞいていたのかもしれない。

脇坂は、どうだと言わんばかりに胸を張って、

「明日から、竹吉がどういうやつだったか、当たってみよ」

九

翌朝――。

亀山と鶴田は、深川《ふかがわ》に向かった。

脇坂に命じられたあと、すぐに木挽町《こびきちょう》の銛蔵《もりぞう》を動かし、根津の金六のところで竹吉について訊《たず》ねさせていた。それによると、竹吉はたぶん根っからのやくざではなく、深川のほうから来たということだったのだ。

深川では、永代寺《えいたいじ》門前町に住む、やくざの漢三郎《かんざぶろう》に訊いた。

「竹吉？」

「根津の金六一家で若い衆になっていたんだ」

「うちの組の者じゃありませんね」

漢三郎はそう言ったが、

「漁師で喧嘩の強いのがいたらしい。そいつじゃねえですか。いまは、いなくなっているみたいですが」

と、教えてくれた。

海のほうへ行って、舟溜《ふなだ》まりに入って来たばかりの漁師に訊いた。

「竹吉だって。あの野郎、どこにいます？」

漁師はいきなり怒り出した。

「いまはあの世にいるよ」

「え？」

「死んだんだよ」

「そうなんで」

拍子抜けしたらしい。

「なにかあったのか？」

「八人で沖に出て、遭難したあと、ひと月ほどして戻ったんですが、生き残っていたのは竹吉一人だけだったんです」

「ほう」

「戻ってしばらくしてから、竹吉が酔った拍子で、あいつらを海に叩き込んだとしゃべり出したんです」

「そうなのか」

「おれたちはどういうことかと、問い詰めました。だが、その途中でいなくなりましてね」

「お前たち、見つけたらどうするつもりだった？」

「そりゃあ、放《ほう》ってはおけねえでしょう」

おそらく、奉行所に突き出されたか、海の藻屑《もくず》となっただろう。

「竹吉ってのは、そんなに悪たれだったのか？」

「そうでもねえ。むしろ、叩き落とされた連中のほうが悪たれでしたね。竹吉は、喧嘩は強かったけど、信心深い男でね」

「ほう、どんな神仏を拝んでいたんだ？」

「なんでしょうね？　木場《きば》の向こうっかたにある祠《ほこら》に、毎日、拝みに行っているとは聞きました」

その祠を探しに向かった。

だが、祠はなかなか見つからない。

畑仕事をしていた百姓に訊くと、

「ああ。祠は三年くらい前まであったんですが、火事で焼けたんです」

「火事で？」

周囲は、田んぼや運河ばかりで、火事なんか出そうにない。

「どうも、酔っぱらった若いやつらが火をつけたらしいのです」

「なにを祀った祠だったんだ？」

「観音さまです。なんて言うんですか、魚に乗った観音さまで」

「魚籃《ぎょらん》観音だ」

亀山と鶴田が同時に言った。

「昔、深川にいた大金持ちが、道楽みたいにつくらせたものだそうです。ちと、仏さまにしては色っぽかったですが」

亀山は、鶴田を見て、

「あれだな」

「ああ」

鶴田もうなずいた。

「その魚籃観音を一生懸命拝んでいた男がいたはずだが？」

亀山はさらに訊いた。

「いました。若い漁師でね。焼けてなくなったときは、ものすごくがっかりしてました。なんでも、子どものとき、いっしょに拝みに来た母親が亡くなると、観音さまが母親のような気がしていたんだと言ってましたよ」

「祠の宗派はどうなっていた？」

「ああ、その大金持ちは深川の永代寺の檀家でしたからね。ときどき永代寺のお坊さんも来てましたよ」

「高野山《こうやさん》だ。真言《しんごん》宗だ。法華じゃないわな」

納得して、要銀寺に向かうことにした。

「もしかして、竹吉が海に叩き込んだってのは、あの祠に火をつけて魚籃観音を盗んだやつらなんじゃないか」

歩きながら鶴田が言った。

「たぶんな」

亀山もそう思う。

「そしてその魚籃観音を、どういう経路を辿《たど》ったのかはわからないか、要銀寺の住職が手に入れた」

「でも、魚はいなかったな」

「切り離したんだ」

「だが、あのお奉行は、それを見破った」

「殿の勘は凄い」

鶴田は誇らしげに言った。

十

巣鴨の要銀寺にやって来ると、境内にある池の周りに人だかりができていた。

池に銭を投げ入れている者もいる。

たったいま、銭を放った若い娘に、

「どうしたんだ?」

と、鶴田が訊いた。

「ここの鯉《こい》が、大きく跳ねた途端、固まったらしいんです」

「なんだ、そりゃ」

見ると、池の真ん中あたりに、金色に光る鯉が見えた。

「おい」

鶴田は亀山を見た。

「ああ。切り離したほうは、こんなふうに使いやがった。図々しい坊主だ」

その竜光が、本堂のほうからこっちを窺《うかが》っているのが見えた。

二人は竜光に歩み寄り、

「きさまも呆れた悪党だな」

鶴田が静かな声で言った。叩きのめして縛り上げたいのを我慢している。

「なにをおっしゃっているのか？」

「あの鯉は、もとは秘仏とくっついていたんだろう？」

「ご冗談を。秘仏のことは、ちゃんと寺に古文書も残っています」

「そんなものは……」

いくらでもねつ造できるのだ。

そこを疑い出すと、あらゆる寺や神社の寺伝社伝が怪しくなる。

「この前の秘仏と、あの池の鯉をくっつけてみたい。また、出してくれ」

「お役人さま。昨日、お奉行さまが来られたときは、まだ開帳の届けを出した期日内でした。だが、今日はもう違いますぞ」

「う」

「無理に秘仏を奪うようなことをなされば、いくら寺社奉行さまとはいえ、全国の寺社から猛反発を食らうことになるでしょうな」

「……」

それは確かにそうだろう。

「民はああして癒《いや》されているのです」

「癒されている？　騙《だま》されているのだろうが」

「ここで信心について問答をしても無駄でございましょう。どうぞ、お引き取りください」

竜光がそう言って、踵を返そうとしたときだった。

「やいやい、糞坊主《くそ》！」

と、柄の悪いのが五人ほど、こっちに駆けて来た。

「根津の金六のお出ましだ」

亀山が鶴田に言った。

金六は、武士二人がわきにいるのも構わず、

「おいおい、住職よお。駒込の鴨蔵のところで訊いたが、あそこの若い者は誰もここで喧嘩なんかしちゃいねえってんだ。おかしいじゃねえか！」

いまにも食いつきそうに顔をつけて怒鳴った。

だが、竜光はまたく臆《おく》したようすを見せず、

「わしは、駒込のなんとかというところの者だとは言っておらぬ。やくざのような風体の男に刺されたと言っただけだぞ」

平然とそう言った。

「やったのは、住職、てめえじゃねえのか」

「知らぬな」

金六たちのなかには、明らかに懐に匕首《あいくち》を呑《の》んでいるものもいる。

「おい、竜光上人《しょうにん》、助けてやろうか？」

亀山がからかうような調子で言った。

「いえ、こんな連中、どうということはありませぬ」

竜光は笑った。

「なんだと」

若い者がカッとなって、いきなり匕首を突き出した。

だが、竜光は軽く身をよじってかわした。

そこからが凄い。たぶん、突きを入れたのだろうが、それがほとんど目に見えない。

つつっと前後に動いたら、あいついで五人は地面に崩れ落ちたのだ。

皆、腹や胸を押さえてのたうち回っている。

いったいなんという武術なのか。

「いまから、葬儀が一つありましてな」

竜光はそう言って、呆気《あっけ》に取られている亀山と鶴田に背を向け、急ぎ足で山門から出て行った。

五人のやくざはまだごろごろ転がっている。

「お侍さん。手助けするなんてひどいですよ」

金六が、顔をしかめながら言った。

「馬鹿を言え。わしらはなにもしておらぬ」

「えっ。さっき、あの坊主はなにをしたので？」

「なんだろうな。わしらにもわからん。ただ一つ言えるのは、お前らはもう手を引けという忠告だ。余計な手出しをするな。裁くのはわしらがする」

亀山がそう言うと、金六は苦しそうにえずきながら、

「あい、あい」

と、うなずいた。

十一

「やったのは、あの竜光でしょう。竹吉というのはかなり喧嘩が強かったみたいですが、竜光ならなんということはないでしょう。竹吉が匕首を持っていたら、それを取り上げて刺すくらいわけもないです」

亀山が脇坂に言った。

「そんなに強いのか？」

脇坂は目を丸くして訊いた。

「強いです」

「そなたより？」

亀山にそう訊いたのは、世辞のつもりである。

「あやつの手の動きが見えませんでした」

「え？」

「素手でしたが、武器も持てば、さらに強くなるでしょう。その先はあまり考えたくありません」

亀山がそう言ったのを受けて、

「わたしもです」

と、鶴田がうなずき、

「殿と竜光を近づかせたときを思い出すと、ぞっとするくらいです」

脇坂は動じず、

「だが、竜光がやったとする証拠はなさそうだな」

と、言った。

「殺しは難しいかもしれません。だが、詐欺《さぎ》は大丈夫でしょう。池の鯉の銅像と、観音さまを合わせたら、ぴたりとくっつくのでは？　それは証拠になりませんか？」

鶴田は言った。

「切り離したくらいだもの。削るなり、細工を加えるなりしているさ」

「だが、あやつをのさばらせておくのはまずいでしょう」

「張り付いてみるか？　そのうち、なにか尻尾を摑めるかもしれぬしな」

「ぜひ」

鶴田は膝《ひざ》を進めた。

むろん、亀山もそのつもりである。

ところが──。

翌日、亀山と鶴田は憮然《ぶぜん》とした面持ちでもどって来た。

「殿、先に手を打たれてしまいました」

と、鶴田は言った。

「どうした？」

「住職が変わったのです。竜光は以前いた寺にもどりました」

「元いた寺はどこなのだ？」

「谷中《やなか》の延命院《えんめいいん》です」

「あそこか」

大奥とつながりの深い寺だった。

脇坂は、片頬に笑みを浮かべて言った。

「竜光とは、また会うことになるだろうな」

第二章　悪縁結び

一

「今日は高輪界隈《たかなわかいわい》の寺社をめぐろう」

ということになって、歩いている途中だった。

「そういえば……」

と、同行していた木挽町の銛蔵が言った。

汐留の竜野藩邸を出て、増上寺《ぞうじょうじ》の門前に近づいたころである。

「縁結びの神さまってのはいますよね？」

「いるね。出雲《いずも》の神さまは有名だな。仏さまでも、観音さまは縁結びだという人もいるけどな」

と、亀山が答えた。

「それで、悪縁結びの神さまってのがいるんですよ」

「悪縁結び？　なんだ、そりゃ？」

亀山が訊《き》き返すと、

「ろくでもない女にひっかかるのか？」

「女とは限らないんです。いろんな悪党と縁ができるらしいんで」

鶴田が興味をかきたてられたように訊いた。

「そんなもの、誰が結ぶんだよ」

亀山は呆《あき》れて言った。

「岡《おか》っ引《ぴ》きが悪人と縁を結ぶと、すぐに捕まえられるんだそうです」

「そんな馬鹿な」

「でも、じっさい、そうなった例があるんですよ。あっしの昔からの知り合いで、四《よつ》谷《や》の松之助《まつのすけ》という岡っ引きがいましてね」

「知ってるよ。花火の松之助だろう」

と、亀山が言った。

「そうです、そうです」

「花火の？」

首をかしげた鶴田に、

「若いとき、花火師をしてましてね。ある下手人一味のところに突入するとき、花火をぶち込んだという武勇伝があるんです。悪党が六、七人、集まっていたんですが、花火におったまげて、飛び込んだときは、皆、腰抜かしていたそうです」

と、銛蔵が説明した。

「豪快な男だな」

「それで、その松之助が、近ごろ、蔵前《くらまえ》の札差《ふださし》に押し込みに入った下手人を追い詰めたことがあったんです」

「うむ」

亀山が興味に駆られている。

「ところが、下手人は行き止まりの道で忽然《こつぜん》と消えてしまったそうです」

「消えた？」

「ええ。そのとき、下手人は銀のきせるの吸い口を落としていきました。ただ、それくらいじゃたいした手がかりにはなりません」

「だろうな」

「そんなとき、松之助は知り合いの神社でやっていた悪縁結びというのを祈願したのだそうです。すると、神さまから、深川中島町《なかじまちょう》の飲み屋を張り込んでみるがいいというご託宣《たくせん》があったんです」

「ほう」

「松之助は、言われたとおり深川中島町で流行《はや》っている飲み屋で張り込みを始めました。すると、その日のうちだったそうです。吸い口を継ぎ足した銀のきせるを使っている男を見つけました」

「まさか、そいつだったのか？」

「ええ。落としていった吸い口と合わせると、間違いありませんでした。松之助はすぐさま、そいつをお縄にしたってわけでして」

「へえ」

亀山は感心した。なんとも不思議な話である。

「だが、消えたってのはなんだ？」

と、鶴田が訊いた。

「それは下手人を捕まえたあとで白状させると、なんてことはなかったんです。あらかじめ逃げ道に綱を下げておき、それを伝って、大名屋敷の塀のなかへ逃げただけでした。でも、神さまのご託宣は、どう考えても不思議ですよ」

「もともと下手人を知っていたんじゃないのか?」

と、鶴田は言った。

「下手人は四谷になんぞに行く理由がありませんぜ」

「そうか」

「しかも、知っていたら、訊かれる前に、町方に報《しら》せるんじゃないですか?」

「そうだよな」

鶴田も納得したらしい。

「変な悪縁を結んで、なにか悪いことは起きないのかね?」

と、亀山が訊いた。

「松之助は元気にしてますがね。ただ、どうしてもなにか面倒な事件があると、悪縁に頼りたくなるとは言ってました」

「そりゃあ、変な話だな」

「その神社は探るべきだろうよ」

と、鶴田は言った。

「ああ、そうしよう」

将監橋《しょうげんばし》を渡ると、三人は右に折れ、新堀川《しんぼりがわ》沿いに西へ向かった。四谷へ行くには遠回りをしてしまったが、仕方がない。

二

麻布《あざぶ》から青山《あおやま》のほうへ向かいながら、

「わしも縁結びを頼もうかな。悪縁のほうじゃなくてだぞ」

と、亀山が言った。

「亀山さまだったら、いくらでもいるでしょうよ、奥方さまになりたい女は」

木挽町の銛蔵が言った。まんざらお世辞でもなさそうである。

「馬鹿言うなよ。面倒臭い年ごろの子ども二人を抱えた、忙しい役人の後妻になど、誰がなりたい？　親戚《しんせき》にだって断られるぞ」

じつはいまも、心配ごとがある。息子が三日ほど、屋敷にもどっていない。屋敷の小間使いに、行っていそうな友人のところへ訊きに行かせたが、わからないとのことだった。娘は娘で、なにか当てつけみたいに野良猫を五匹も拾って来て、世話を見始めたらしい。

どっちも叱《しか》ればさらにひねくれられそうで、見て見ぬふりをしているのだが、賢い後妻をもらえば、どうにかしてくれるのではないかという甘い期待がある。

「町家の女でもよろしいんですか？」

「そんなことはこだわらないさ。いるのか？」

「そりゃあ、亀山さまが本気なら捜しますよ」

「銛蔵。やめたほうがいい」

と、鶴田が言った。

「なんでだよ？」

「亀山は好みがうるさいんだ。どうせ、会わせたって、なんのかんの言って断わるんだから」

「鶴田に言われたくないね」

そんなこんなと互いの家の悩みを話すうち、四谷の寺町についた。

「四谷氷川《ひかわ》神社というのがあるはずなんですが」

銛蔵は来たことがないらしいが、

「その角を曲がったあたりだ。氷川神社も縁結びのご利益があると言うがな」

亀山は寺社方の仕事が長いだけに、場所も知っていた。

坂になっていて、階段を上がると境内《けいだい》が広がっていた。

敷地は二千坪ほどあるだろう。境内全体に白い小石が敷かれ、見た目はいかにも神社然とした境内になっている。

とくに変わったところはない。

「ここは別当はあるんですかね？」

銛蔵があたりを見回して訊いた。

江戸の神社のほとんどは、神仏習合で、別当と呼ばれる寺がくっついているのだ。

「あるさ。その裏手の金蔵寺《こんぞうじ》というのが別当だ」

亀山が、木立の向こうを指差して言った。

「そうでしたか」

本殿の前で、宮司《ぐうじ》らしき男が賽銭箱《さいせんばこ》の傷んでいるところを修理していた。

「おい、銛蔵。お前が訊いてみなよ、悪縁結びのことを」

鶴田が顎《あご》をしゃくって言った。

「それより、あっしが悪縁を結びたいと言ってみましょうか？」

「お前が？　いいのか、悪人と縁ができるんだぞ」

「でも、やってみないと、ほんとのことはわからないでしょう」

「お前がそう言うならいいけども」

鶴田は不安そうにうなずいた。

銛蔵は本殿のところへ行き、

「宮司さんかい？」

「そうだが」

五十くらいの、色黒の男である。

「悪縁結びてえのをしてくれるんだってな」

「ああ。ちょっと事情があって、いまは中止しているのだ」

宮司は顔をしかめて言った。

「そうなのか。おいらは、木挽町で十手を預かっている銛蔵ってんだが、松之助に聞いたもんでね」

「ああ、松之助親分の知り合いかい」

「拝みに来るんだろ？」

「ここんとこ、よくね」

「おいらも、昔から追いかけてる悪党がいて、なんとしても捕まえてえ。縁を結んでもらえないかね」

「松之助親分の知り合いとあっちゃ仕方がないね。どんな悪党と縁を結びたいのかな？」

「名前を言わないと駄目かい？」

「名前と、あるいはどんな悪事をしたやつかを教えてもらわないとできないな。ただし、うまくつながるかどうかには、あんたと悪党の相性もかかわるのさ」

「なるほどな」

「それと、かなり難しい祈願なので、玉串料《たまぐし》はだいぶかかってしまう」

「いくら？」

「それは、相手や悪事次第ということで」

「それはそうか。じゃあ、ちっと考えてからまた来るよ。なんせ、大勢の悪党どもを相手にしてるんでな」

「うん。ゆっくり考えるといい」

銛蔵は、神社の外で待っていた亀山と鶴田のところへもどって来て、いまのやりとりを伝えた。

「名前と悪事を言うわけか」

と、亀山はうなずいた。

「たしかにこの世の悪党全員と縁を結ばれても困るよな」

と、鶴田は笑った。

「これは、お奉行に報告すると面白がるだろうな」

亀山は言った。

いかにも脇坂が喜びそうな話である。

「御前は来たがるだろう」

「いま、忙しいのだろう?」

藩邸に国許《くにもと》からの使者が来ていた。治水工事の相談やら、罪人の裁きなど、藩主が判断すべきことは山ほどあるのだろう。

「うむ。しばらく言わずにおくか」

藩主思いの鶴田としては、あまり仕事をつくるのが申し訳なく感じるらしかった。

三

「ゑいは、怖い話が好きだったよな?」

寝間《と》で髪を梳かしているゑい姫に、すでに布団に入っている脇坂が訊いた。

ただ、入っているのは自分の布団ではない。ゑい姫の布団である。「今日は寒いので、先に温めておいてやろう」と、頼まれもしないのに、潜《もぐ》り込んでしまったのだ。

「好きなわけではありませんよ」

「だが、よく怖そうな話を読んでいるではないか。この前はほら、化け物の絵がいっぱい描《か》いてあるやつを」

「鳥山石燕《とりやませきえん》の本ですね」

「面白いのか？」

「うーん、面白いというのとはちょっと違うかもしれません」

「じゃあ、なぜ？」

「うまく言えませんが、ああいうのを身体《からだ》が欲している気がするのですよ」

「怖い話を？　身体が？」

脇坂には見当がつかない。

「あのね、殿さま」

「なんだ？」

「怖く見せる方法ってあるのですよ」

「なんじゃ、そりゃ」

「こうして髪を梳かしていても、別に怖くなんかないでしょ?」

「ああ、ないな」

「じゃあ、こうしたらどうです?」

ゑい姫は、ふいに背中を丸め、俯《うつむ》きがちになって、ゆっくり髪を梳かし始めた。

「うわっ」

背筋がぞっとした。なにやら、得体の知れない幽鬼みたいなものが、立ち昇ってくる気がする。

「どうです?」

「うん。怖いな」

「でしょ」

ゑい姫は嬉《うれ》しそうに笑った。

だから、なんなのだ、という気もするが、たいして意味はないのだろう。

「じつはゑい姫の好きそうな話があるのだ」

脇坂は声を落とし、秘密めいたような調子で言った。

「まあ、なんです?」

「悪縁というのはあるよな?」

「それはありますでしょう」

「ふつうは断ち切ろうとするよな？」

「それはそうですよ」

「逆に、悪縁結びというのがあるらしいぞ」

「悪縁結び？」

「さっき、亀山と鶴田から聞いたのだ」

どうやら、亀山と鶴田は言わずにいられなかったらしい。

案の定、脇坂は猛烈な興味を示したのだった。

しかも、こんどはゑい姫までもが、

「怖い……。でも、面白そう」

と、目を輝かせている。

「だろう」

「どうするんです？」

「そういう祈願をするらしい。すると、悪党どもと縁ができ、あとは捕まえるだけの話だそうだ」

「逆に、殺されたりはしないのですか？」

「なあに、あらかじめわかっているのだから、怠《おこた》りなく警戒できるだろうよ」

「まあ、そうですね」

「それで、おれは考えたのだ。大奥と悪縁を結ぼうかと」

「大奥と悪縁？」

「凄《すご》いだろう」

「大奥って悪なのですか？」

「ひっくるめていちがいに悪とは言えないかもしれぬが、明らかにろくでもないことを唆《そそのか》しているおなごとは会った」

八重垣という年寄である。定信は、大奥の女たちは、一心同体みたいなものとは言っていたが、あの年寄は間違いなく大将格である。

八重垣と悪縁を結べば、あやつの弱点をひきずり出したり、おびき寄せたりすることもできるのではないか。

もちろん、危険も伴うだろうが。

「それは……」

ゑい姫は眉《まゆ》を曇らせた。

「やめたほうがいいか？」

脇坂は、止めて欲しい気持ちがある。

「はい。おやめになったほうがいいですよ。女は恐いですよぉ」

ゑい姫は、脅すような口調で言った。

「だが、これも仕事なのだ。止めるでない」

止められると、ますますしたくなる。

――われながら、変な性分だ。

と、脇坂は思うのだった。

四

「お奉行が、大奥と悪縁を結びたいとおっしゃっているぞ」

亀山が鶴田に言った。

いま、亀山が脇坂に呼び出されて、そう伝えられたのである。ふだん、直《じき》の命令は藩士である鶴田が受けるが、わざわざ亀山に言ったということは、相当、本気なのだろう。

「大奥と？」

「銛蔵がすると言ったので、負けん気を起こしたのかな？」

「ああ、それはあり得るな」

なにせ脇坂の負けん気ときたら、かなりのものである。

「どうしよう？」

「だが、大奥を悪党にしていいのか？」

と、鶴田が訊いた。

なんのかんの言っても、将軍の夜の住まいなのである。

「向こうから見たら、こっちが悪党か？」

「そうだよ」

「いちおうおなごは誰にするかは、決めたみたいだ」

「ははあ、たぶん、あの八重垣とかいう年寄だろうな」

「あんなカンの強そうなおなごと悪縁なんか結んだら、夜中に耳元で金切り声が聞こえてきそうだがな」

「だが、御前は言い出したら聞かないぞ」

「じゃあ、仕方がないな。あそこの宮司に打診してみるか」

今日は銛蔵が来ていないので、亀山と鶴田だけで四谷の氷川神社に向かった。

鳥居のところまでやって来ると——。

人だかりができ、不穏な気配も漂っている。なにか起きたらしい。本殿のほうではなく、宮司の住まいのほうである。

「どうした？」

鶴田が野次馬に訊いた。

「宮司さんが殺されたそうですよ」

「いつ？」

「昨夜みたいですが」

「なんてこった」

住まいのほうへ向かった。

家の前にいた寺男らしき者が、

「どちらさまで？」

と、訊いた。

「寺社方だ」

亀山がそう言うと、

「お早いお着きで」

と、目を丸くした。報せに向かったばかりなのだろう。

玄関からなかに入ると、巫女《みこ》が遺体のそばで、身も世もなく泣きじゃくっている。

「信蔵《しんぞう》さんが、信蔵さんが」

名前を呼んでいることで、二人のあいだになにがあったかは明らかである。

「信蔵さんがじゃないだろうが」

鶴田は、顔を近づけ、小声で叱責《しっせき》した。

だが、巫女はすっかり取り乱して、

「どうして、こんなことに？　あたしが死んじまえとか言ったから？　ねえ、信蔵さん、話して！　もう一度、あたしに、お前は可愛《かわい》いって言って！」

と、喚きつづけている。

「こりゃ、駄目だ」

と、事情を訊くのは諦《あきら》め、遺体の検分に取りかかった。

血はかなり乾いているので、刺されたのは昨夜早いうちだろう。

胸を一突き。襟を引っ張られた跡がある。

逃げようとしたのを、襟を摑《つか》んで引きもどし、後ろから手を回すようにして、匕首《あいくち》を差し込んだに違いない。

「素人のしわざじゃないな」

と、亀山は言った。

「というと、やくざか？」

「それはわからぬが」

倒れているわきに、黄表紙の『天下一面鏡梅鉢《てんかいちめんかがみのうめばち》』が転がっていた。

「これは、発禁になったやつじゃないか」

鶴田が中身をぱらぱらめくりながら言った。

「そうだな」

「どこで入手したのだろう？」

「貸本屋じゃふつうに出回ってるよ」

「では、殺されたのとは関《かか》わりはないか」

「ないだろうな」

八畳一間の部屋で、茶簞笥《ちゃだんす》が壁の前にある。引き出しは開けられ、中身がぶちまけられている。

「荒らされているな」

鶴田が呆れたように言った。

棚も裏側まで疑われたのか、ひっくり返され、調べられている。

「なにかを探したのだ」

亀山が言った。

「金じゃないぞ」

と、鶴田は言った。

「なぜだ？」

「ほら」

たぶん賽銭を集めて入れたのだろう。箱に一文銭がいっぱい入っているのがそのままになっている。

「悪縁結びが関わっていると思うか？」

亀山は鶴田に訊いた。

「大いにあり得るだろうな」

「悪縁結びとはなんなのだろうな？」

訊こうにも、それをやる者は殺されてしまった。

「やってもらったやつに訊けばわかるさ」

鶴田の目は、たったいま駆けつけて来た岡っ引きに向けられていた。

五

歳《とし》は五十くらい。いい男とはお世辞にも言えないが、悪党には相当睨《にら》みが利きそうな面構えである。

「松之助かい？」

と、鶴田が訊いた。

「ええ」

「わしらは寺社方の者だ」

「お早い到着ですね」

「たまたま用があって来たところさ」

「そうでしたか」

「木挽町の銛蔵にお前のことは聞いてたんだ」

「ああ、銛蔵に」

鶴田は周囲を警戒し、

「悪縁結びてえのをやったんだってな？」

低い声で訊いた。

「やりました」

「どういうことをするんだ？」

「変わったことはしません。ただ、あっしの頭の上で、こんなふうにお祓《はら》いするみたいに祈るだけでした」

松之助は、なにかを左右に振るようなしぐさをした。

「殺されたのと、悪縁結びは関わりがあると思うか？」

「さあ、どうでしょうか。それはなんとも言いようがないですね」

なかなか慎重な性格らしい。

「この宮司は前からの知り合いなのか？」

「まあ、いちおうここらは縄張りですのでね」

「誰かに恨まれたりしてたのかな？」

「恨みを買うようなやつじゃなかったです。ただ、調子に乗って、しなくてもいいことをするようなところはありました」

「なるほど」

鶴田がうなずくと、わきから亀山が、

「お前、なんだっていい歳こいて、悪縁結びなんかやろうとしたんだ？」

と、訊いた。

「いやあ、なんとしても手柄を立てたくて」

松之助はそう言って、頭を搔《か》いた。

なんだか照れているようなようすである。

「手柄をな。女のせいか？」

「図星です。最近、惚《ほ》れた女がいまして」

松之助は頭を搔いた。

「いいところを見せたかったわけか？」

「へえ」

「いい歳して、女に惚れると、けっこう深みにはまるんだよな」

亀山は自分に言い聞かせるような調子になった。

「そうなので」

「相手はいくつだ？」

亀山がさらに訊くと、わきで鶴田が呆れたような顔をした。捕物とはまったく関係なさそうな話である。

「ええと、二十二ですか」

「そりゃ駄目だって。手柄なんざ立てても無駄」

「やっぱりそうですか」

松之助は本気で落胆したらしい。

「悪縁結びの玉串料はいくら取られた？」

と、鶴田が訊いた。

「いやあ、言いたくないくらいです」

「殺しの調べだぞ」

「じつは、三両おさめました」

「三両！」

大金である。

「あっしも迷ったんですが」

「そりゃあ、一文の賽銭で百回、お稲荷《いなり》さんに拝んだほうがいいな」

「でも、じっさいご利益はありましたからね」

「ふうむ」

宮司の死を伝えたら、脇坂はさぞやがっかりするだろう。

六

松之助はそれから遺体の検分をし、後からやって来た下っ引きたちにこの界隈の訊き込みを命じ、さらに泣いている女も知り合いだったらしく、なだめすかしていろいろ話を訊いた。

そうした仕事ぶりを見ながら、

「宮司がじつは泥棒だったてことはないだろうな」

と、亀山が鶴田に言った。

「まさか」

「いや、じつは以前、そうしたことがあったんだ。宮司が手癖の悪い野郎で、別当の寺の金目のものを持ち出しては、売り払っていた」

「ほう」

「そいつは単独でやっていたんだが、ここの宮司には仲間が大勢いたとするわな」

「それで？」

「悪縁結びと称して、仲間を売っていた」

「だから、殺されたってわけか。なるほど、筋の通る話か」

だが、松之助が訊き込みを終えてやって来たので、この推測を語ると、

「それはないでしょう」

と、即座に否定した。

「なぜだ？」

亀山が訊いた。

「宮司は立花《たちばな》信蔵と言いまして、いちおう寺の僧侶《そうりょ》とは別になっています」

「うむ」

「別当はそこの金蔵寺ですが、信蔵のことは信頼していたようです」

「寺の言うことなど、当てにならないぞ」

「いや、そこは大丈夫だと思いますぜ。信蔵はもともと門前でそば屋のあるじをしてましてね、それで氏子《うじこ》の総代もやっていたのが、前の宮司が亡くなって、代わりを引き継いだのです」

「いくつだった？」

「五十三ですかね」

「神主の修行はしたのか？」

「ええ。京の吉田《よしだ》神社で、裁許状ももらって来ています」

「泥棒の線はないか？」

「ええ。ただ、変に金回りがよかったのも事実です」

「だったら怪しいだろうが」

亀山の突っ込みに、

「でも、そんなことしなくても、悪縁結びなどで金は稼げていたのでは」

と、松之助は言った。

「じゃあ、やはり悪縁結びのことで、なにかあったんだろうが」

「そうかもしれません」

「そもそも悪縁結びというのは、どこで知ったんだ？　信蔵が自分で言ったのか？」

と、鶴田が訊いた。

「いえ、自分から言ったわけではないです。あっしは、四谷忍町《おしまち》で武具屋をしている〈湯沢屋《ゆざわや》〉のあるじから聞きました」

「その湯沢屋は誰から聞いた？」

「それはわかりません」

「よし、行ってみよう」

三人は、四谷忍町の湯沢屋へ向かった。甲州《こうしゅう》街道へつながる大通りに面した武具屋で、十間ほどの間口がある大きな店だった。

湯沢屋のあるじは、武具屋とは思えない華奢《きゃしゃ》な男で、眼鏡《めがね》をしていた。

鶴田の問いに、

「悪縁結びのことですか？　じつは四谷氷川神社の宮司さんが訪ねて来て、どうもこの店は誰か泥棒に狙《ねら》われている気がすると言ったのです」

と、湯沢屋は答えた。

「ほう」

「ついては、その泥棒と悪縁を結べば、泥棒がどんな悪事をしようとしているかがわかるのだと言ったのです」

「本気にしたのか？」

「じっさい、そういう話を聞いてましたので、玉串料を払い、用心棒を雇いました」

「こんだけ刀だの槍《やり》だのがあるんだから、用心棒なんか雇わなくても、あんたと番頭で戦えるんじゃないのか？」

「いやあ、売り物として扱うのと、じっさいに使うのとは別ですから」

湯沢屋は、情けない声で言った。

「それで、どうなった？」

「押し込みがあったとき、用心棒の旦那《だんな》が飛び起きて、刀をふるったので、逃げて行きました」

「なるほど」

「誰と悪縁を結んだかは、わからないのか？」

「宮司が祈りの言葉のなかで名を言ったのを覚えています」

「なんと言った？」

「たしか、又蔵《またぞう》と」

「知っているのか？」

「又蔵という名で知っている者もいますが、ここの番屋で番太郎をしていて、それはまったく別人だと思います」

湯沢屋がそう言うと、

「ああ、あいつは別人だろうな」

と、松之助も言った。

「ところで、四谷氷川神社の宮司が殺されたぜ」

「ええっ」

湯沢屋のあるじは真っ青になった。

「たぶん悪縁結びのからみだ」

「そうなので」

「ほんとなのか、悪党と縁を結ぶというのは？」

「だって、そうでなければ悪党がやろうとしていることもわからないのでは？」

「ううむ」

「それに、四谷氷川神社は悪党の信仰も厚いそうですから」

「悪党の信仰も厚い？」

鶴田は、亀山を見て、互いに首をかしげた。妙な話ではないか。

「まだ、暑いころだったと思いますが、四谷氷川神社にいかにもろくでもなさそうな連中がいっぱい参拝に来ていたそうです」

「そりゃあ、なんかあるな」

だが、もう夕暮れが迫りつつある。

調べのつづきは、明日にすることになった。

七

「おれが行く」

　脇坂はいきり立った。

「だが、殿は今日、評定所の会議があったのでは？」

　と、鶴田が止めた。

「あんなものはほかの寺社奉行も出ているから、おれ一人が休んでも、どうということはない。風邪《かぜ》で熱を出したとでも言っておくわ」

　そう言って、四谷へ向かうことになった。

　道々、脇坂は、

「大奥との悪縁も、もう結べなくなったわけか」

　と、がっかりした。

「よかったような気もしますが」

　鶴田が言った。

「そうか？」

「ゑいもそんなことを言っていたな。そうか、よかったか。そうかもしれぬな」

脇坂はホッとしたような顔をした。

四谷氷川神社に着くと、脇坂は、

「まずは信蔵の女だったらしい巫女を呼び出すように」

と、言った。

「呼んで来ますが、たぶん話になりませんぞ」

と、亀山は言った。

巫女がやって来た。

亀山の予想に反し、巫女は昨日の取り乱しようが嘘《うそ》のように落ち着いていて、

「いなくなってしまったら、なんで、あんな爺《じじ》いが好きだったんだろうって不思議な気がしてきました」

とまで言った。

「そうか」

脇坂はうなずいた。

「いま、思うと、爺いの変な臭《にお》いもしたし」

「自分が爺いだってことを必死で隠したりするのもみっともなかったし」

「……」

「なんだか、あたしの若さを吸い取りたいみたいにして」

「……」

脇坂はうなずきながら、ちらりと亀山を見た。

亀山は、まるで自分のことでも言われているような、ムッとした面持ちをしている。

「それで、この神社は、悪党どもの信仰が厚かったと聞いたが、それはまことか？」

と、脇坂は訊いた。

「ああ。それはたぶん、境内の隅につくった石川五右衛門《いしかわごえもん》さまのおかげだと思います」

「石川五右衛門さま？」

「はい。昔の大泥棒である石川五右衛門はすでに神さまになったそうで、そこに祠も建てました」

「それを拝みに来るのか？」

「はい」

その祠を見に、境内の隅へ行った。

「これです」

巫女が指差したのは、なんの変哲もない小さな祠である。

脇坂は、閉まっていた扉を力ずくでこじ開けた。

「なんだ、こりゃ？」

なかに入っていたのは鉄の釜《かま》である。どうやら、釜茹《ゆ》でになったという五右衛門からきたものらしい。

「ひどいな」

「でも、これには五右衛門さまの霊が宿っていると、信蔵さんは言ってました」

「しょっちゅう、拝みに来ている者はいたのか？」

「はい。とくに、五右衛門が亡くなったという八月二十三日には、多くの悪党さまが
……」

「悪党さま！」

脇坂は呆れた顔をした。

「はい。悪党さまがお集りになって、祈願をいたしました」

「なんの祈願だ？」

「それは、それぞれに祈願文を書きましたから」

「その祈願文はどうした？」

「もちろん見られたら困るものですから、その場で燃やしました」

「どうやって？」

「焚火《たきび》にくべました」

「くべてないのだ」

と、脇坂は言った。

「え？」

「くべたふりをして、くべてなかったのだ。そんなことはいくらでもできるはずだ」

「まさか」

「再現してみようか？」

脇坂はそう言って、境内に当日と同じような焚火をつくらせた。

本殿の真ん前に焚火がつくられ、悪党たちは皆、後ろに並んだという。

いまは明るいが、そのときは夜だったらしい。火から離れたり、陰になるところは、見にくかったことだろう。

「それで、悪党さまたちは一人ずつ、そこで叶《かな》えたい悪事と、お名前を書き、その紙を信蔵さんに渡しました」

「宮司はそれを受け取り、こうやって火にくべ、祈ってみせたのだな?」

脇坂はやってみせた。

紙を丸めて祈り、ぽいっと火にくべる。

「逆です。火にくべてから祈りました」

と、巫女は言った。

「それはどっちでもいい。宮司は受け取った紙を見えないように懐へ入れ、取り出した贋《にせ》の紙を焼いてみせただけだ」

脇坂は、もう一枚の紙を懐から出して、ひらひらさせた。

「ああ、そうかも」

と、巫女はうなずいた。

「悪党はどれくらい来た?」

「ざっと八十人くらい」

「そんなにいたのか」

と、脇坂は驚いた。

それだけ、悪党たちが計画していた悪事と、悪党の名前が集まったのだ。

「だが、八十人もいたら、顔と名前は一致してないだろうな」

「そういう人もいたと思います」

宮司はそれらをうまく使って、悪縁結びに仕立てた。狙われた店にうまく取り入ったり、あるいは松之助のときのように、岡っ引きを騙《だま》して玉串料をふんだくったりもしたのである。

「それは、悪事と下手人がわかっていたら、どんなことでもあばけるだろうな」

と、脇坂は感心した。

「うまいことを考えましたな」

鶴田がそう言うと、

「考えたのはあたしですよ」

と、巫女は言った。

「え？」

「石川五右衛門の命日というのは、信蔵さんから聞きましたが、こういうことしたら儲《もう》かるかもって考えたのはあたしです。信蔵さんはそれは凄い、いい考えだと大喜びして、やってみようと。祈願文を取り替える手口を考えたのは信蔵さんですが」

「そうなのか」

可愛い顔をして、えげつないことを考えたものである。

「それで、宮司を殺したやつだが、湯沢屋に押し込みに入ろうとして、用心棒の反撃に合い、逃げ出したやつがいる。どうも又蔵という名前だったらしいのだが、思い当たる男はおらぬか?」

と、脇坂は訊いた。

「ああ。貸本屋の又蔵」

巫女はすぐに言った。

「貸本屋の?」

「はい。八月二十三日にも来てましたし、最近、一両の玉串料をおさめてました」

巫女がそう言うと、

「御前。そういえば、遺体のわきに貸本らしい黄表紙が落ちてました」

「間違いない。貸本屋の又蔵をひっくくれ!」

脇坂が爽《さわ》やかな声音で言った。

八

貸本屋の又蔵の住まいは巫女も知らなかったが、地本問屋に問い合わせるとわかった。四谷の鮫《さめ》ヶ橋谷町《はしたにまち》というところに住んでいるという。

花火の松之助を案内役にして、脇坂一行は捕縛へと向かった。

谷町というから予想はしていたが、寺に囲まれたすり鉢状の底にある町並だった。墓よりも下にあるという趣きで、夏の蒸し暑さが想像できた。

「ひどいところだな」

と、脇坂は言った。

「そうですね」

鶴田はうなずいた。

「こういうところで暮らしていると、悪事を考えてしまうか」

「そうかもしれません」

「だが、真面目《まじめ》に暮らしている者も当然いるだろう」

「おそらく」

「そうした者のためにも、悪事は許さぬ」

脇坂はそう言って、亀山と鶴田をうながすように顎をしゃくった。

「なんせ、込み入ったところですので、お殿さまはこちらの高台でご覧になっていただいたほうがよろしいのでは？」

と、松之助は言った。

「そんなわけにはいかぬ」

脇坂はそう言って、どんどん坂を下りた。

この十日ほどは雨もなかったのに、一歩踏み出すたびじめじめしてきた。得体のしれない嫌な臭いもする。

「ちょっと見て来ます」

と、松之助が路地のなかに入って行った。

すぐにもどって来て、

「又蔵はいます。ふん縛りましょう」

「よし」

亀山と鶴田が松之助につづいた。

ばん。

と、腰高障子《こしだかしょうじ》を蹴破《けやぶ》って、松之助が、

「又蔵、御用だ。神妙にしろ！」

大声で言った。

「あ」

又蔵はこっちを見た。

が、すぐに向こう側の障子窓を突き破り、外に飛び出した。見事なくらい、敏捷《びんしょう》な動きだった。

「しまった」

松之助はすぐに、窓から外を見た。

「なんてこった……」

見えていたのは、恐ろしく入り組んだ、路地の迷路みたいなところだった。左右だけでなく、前方にも路地が見えている。しかも、それぞれの路地がまた無数に枝分かれしているのもわかる。

「どうした？」

亀山と鶴田ものぞき込んで、

「これはひどい」

と、呆れた。

だが、呆れている場合ではない。

とりあえず手分けして追おうとしたが、三人ともすぐに追跡を諦めた。とにかく別れ道が多過ぎて、すぐに追い切れなくなる。

脇坂も気配を察し、周囲を探ったが、ごちゃごちゃ込み入っているわ、暗くなってくるわで、探しようもない。

「まいったな」

などと言いながら、亀山たちはいったん又蔵の家にもどって来た。

「もう、ここにはもどらないだろうな」

と、鶴田が家のなかを見回して言った。

ほとんどなにもないが、貸して回る本の量は相当にある。

亀山はそれらをざっと見て、貸本を入れる箱からさらに米櫃《こめびつ》のなかや床下まで見た。

「巾着《きんちゃく》はあるが、たいした銭は入っていない。悪党だからもうちっと貯め込んであるだろうが、それはここにはない」

「ということは？」

鶴田が訊いた。

「両替屋にでも預けたか」

「表通りに行かないと、両替屋はないぞ」

「あるいはここらにいるほかのやつか」

「いずれにせよ、その金がないと高飛びもできないか」

「そういうことだ」

「もどって来るかね？」

と、鶴田は訊いた。

「そんな気がするな」

亀山はうなずいた。

九

外で待っていた脇坂のところに行き、

「脇坂さま。申し訳ありませんが、ここは引き上げていただけませんか？」

と、亀山は頼んだ。

「引き上げる？」

「はい。あとは、わたしと鶴田におまかせいただいて」

「なるほど。隠れているのを引っ張り出すのか」

さすがに脇坂は察しがいい。

「そういうわけです」

「わかった。あとは頼むぞ」

脇坂はそう言って、家来たちをまとめ、坂を上って行った。岡っ引きの松之助にも帰ってもらうことにした。

亀山と鶴田も、途中までいっしょに帰るふりをしたが、さりげなく別々に路地に入り、迂回《うかい》しながら長屋の近くまで引き返して来た。

谷町は、高台より夜が早い。

あたりはすっかり暗くなった。

亀山は長屋から離れているが、高台から長屋が見えるところにさりげなく立っている。

鶴田がどこにいるかは、ここからはわからない。が、やはり長屋の近くにはいないはずである。

いっとき町全体に夕飯の匂《にお》いが満ちたが、いまはひっそりしている。表通りに近い町と違って、明かりもずいぶん少ない。余計な明かりは使わず、夜はさっさと寝てしまうのだろう。

――ん？

下の通りを男が一人、すっと横切った。

影しか見えなかったが、なんとなく警戒しているふうがあった。

亀山は急いで通りまで出た。

男は長屋に入る路地を見て行き過ぎたが、四、五間（七〜九メートル）先で引き返し、今度は路地のところで止まった。

――又蔵だ。

亀山は確信した。

又蔵は路地を入った。

たぶん鶴田はなかにはいないはずである。

亀山は路地の入口まで走り、足音を忍ばせて、長屋のところまで行った。

十手を摑み、そっと又蔵の家の前に立つ。

だが、なかに人がいる気配はない。

首をかしげると、後ろから鶴田が来た。

「消えたぞ」

と、亀山が言ったとき、長屋の真向かいの家で、話し声がした。

「じゃあ、気をつけてね」

女の声である。

出て来る気配があり、亀山と鶴田は急いで路地を出た。

「長屋に女がいたんだ」

と、鶴田が言った。

「ああ。金も預けてあったのだろう」

物陰にひそみ、又蔵が出て来るのを待った。

又蔵が歩き出すとすぐ、亀山と鶴田は全力で走った。

「あ?」

又蔵が気づき、振り返った。

手には匕首があった。月明かりで、刃《やいば》が青く光った。

鶴田はその横を駆け抜け、又蔵の後ろに回った。

こうしたときの常套《じょうとう》の位置取りである。

「又蔵。四谷氷川神社の宮司殺しの罪で捕縛する」

亀山が言うと、

「こうなりゃ、てめえもだ」

匕首を突き出してきた。

だが、亀山には見えている。

匕首の先を軽くかわし、十手で又蔵の手首を軽く打った。これでもう、又蔵は動けない。匕首を落とし、折れた手首を押さえながら、地面を転がった。

十

脇坂淡路守は、汐留の竜野藩邸で亀山と鶴田の帰りを待っていたが、夜五つ（午後八時）になって又蔵を引っ張って来たので、

「お、捕まえたか」

と、破顔した。

すぐにお白洲《しらす》に又蔵を座らせ、脇坂の取り調べが始まった。

「正直に話せよ」

脇坂が声をかけると、

「正直に話せば、いいことはありますかい？」

と、又蔵がほざいた。

折れた右腕を晒《さらし》で堅く巻いてやると、へらず口を言えるくらいにはなったらしい。

「それは聞いてからだな。そなたは、悪党どもの祈願文を四谷氷川神社の宮司が持っていることを知り、刺し殺したことに相違ないな」

「あれは、あいつが逆にあっしを脅すようなことをしたからでして」

「脅すようなこと？」

「つまり、匕首で刺すぞとか」

「脅されて、仕方なく、その匕首を奪い、刺したというわけか」

「そうなんです」

「であれば、もう少し、遺体の後始末をちゃんとしておくことだな。着物の乱れから、宮司が逃げようとしたのを、襟を摑んで引き戻し、こう刺したのは間違いないのだ。これで、一つ、嘘をついたな」

と、脇坂は傍らにいる書役にうなずいた。

「あ、あ、あ」

又蔵は慌てた。

「宮司が祈願文を持っているのは、どうして気づいた？」

「盗みに入ろうとすると、用心棒みたいなのが待ち伏せをしていたんでさあ。それで、なんかおかしいと思いましてね。それで、あっしの知り合いで、岡っ引きの松之助に捕まったやつもいて、どうもあのときの祈願文が読まれているのではないかと思い当たったのです」

「なるほど」

「それで、四谷氷川神社の宮司のところに行くと、野郎、なにも訊かないうちから慌てふためきまして、こいつを生かしておいたら、仲間がどんどん捕まると思い、ぶっ殺した次第です」

又蔵はそう言った。

「宮司は、お前たちが書いた祈願文をすべて持っていたのだな？」

脇坂が訊いた。

「おそらく」

「おそらくだと？　そなたが持っているのだろう？　焼いてしまったとは言わせぬぞ」

「いえ、違います。あっしがあの家に行ったときには、もう荒らされた後だったのです」

「なんだと」

「祈願文をどうしたと訊くと、盗まれたと言ってました」

「まことか？」

「本当です」

「誰が盗んだかは見当がつかぬか？」

「たぶん祈願文を書いた泥棒仲間でしょうが、なにせ八十人ほどはいましたので」

「その八十人は、思い出せるか？」

脇坂は、なに食わぬ顔で訊いた。

「さあ、どうでしょう？」

又蔵はいかにもこすっからっそうな目で脇坂を見た。

これで取り引きをし、命を助けてもらおうという魂胆が見え見えである。

「わしに取り引きは通用せぬぞ」

「いえ、思い出そうとはしているのですが」

こういう悪党も少なくない。少しでも時間稼ぎをし、一人ずつ名前を思い出していくうちに、あわよくば恩赦を得ようという腹なのだ。

「又蔵、宮司を殺した罪で斬首《ざんしゅ》！」

と、脇坂は言った。

「あ、お奉行さま。高輪にいる火油《ひあぶら》の八右衛門《はちえもん》」

と、泥棒の名を言った。

脇坂はにやりとし、

「では、斬首はいったん取りやめ、牢《ろう》に入れておけ」

と、言った。

第三章　嫌いなお供え

一

　脇坂から、

「なんとしても泥棒が書いたという祈願文を取り戻せ」

との命を受け、亀山と鶴田はその術《すべ》を検討した。

　難しい仕事になるのは明らかである。

「焼いてしまったということはないのかね？」

と、鶴田は言った。

　だが、亀山は、

「あの存在に気づいて、盗もうというようなやつだ。ただ焼き捨てるのは勿体《もったい》ないと思うだろうな」

と、言った。なにせ八十人の悪党が、これからしようという悪事の計画を一覧できるのである。

「たしかに」

「手がかりは……そうだな、とりあえずは町方で捕まえた盗人《ぬすっと》のほうから、事情を摑《つか》むしかないか」

「なるほど。そいつが五右衛門の霊に祈願していれば、手がかりにはなるわな」

「盗人が上がったら、一報をくれるよう、町方に頼んでおくか」

というわけで、二人は面識のある南北奉行所の与力《よりき》に会い、一報を依頼した。

もちろん、その祈願文が見つかれば、町方に渡すことになるだろう。そうすれば悪事をあらかじめ見張ることができるのだから、町方にしてもこんないいものはない。

もっとも脇坂のほうでも、寺社がらみの計画についてはいろんな利用法を考えるだろうが。

北町奉行所を出たあと、

「わしは深川まで墓参りに行かねばならないのだ」

と、亀山は言った。

「誰か亡くなったのか？」

「古い友人さ」

高杉重蔵《たかすぎじゅうぞう》という男で、数日前、急に亡くなったが、寺社方の仕事が取り込んでいて、通夜《つや》にも葬儀にも行けず、家の者に香典を届けてもらっただけだった。

墓のある寺の名は聞いていたので、今日こそ手を合わせたい。

「あんたは先に帰ってくれ」

亀山がそう言うと、

「いや、亀山さんの友だちなら、わたしも紹介してもらうさ」

と、鶴田は妙なことを言った。

「紹介する？　死んだ男に？」

「そう」

「あんたも変わってるよな」

「墓参りって意外に好きなんだよ」

鶴田は照れたような顔で言った。

「なんか楽しいことでもあるか？」

「なんというか、しみじみするじゃないか」

「そりゃあ浮き浮きはしないわな」

「墓の顔を見て、どういう人だったかを想像するのも楽しいし」

「墓に顔なんかあるか？」

「当たり前だろうが」

「当たり前じゃないと思うぞ」

やはり変わっている。

「どういう人だったんだ？」

と、鶴田は訊《き》いた。

「旗本で、代々目付《めつけ》の家柄だ。じつは、おれんとこもそうなのだが、おれみたいに上司に逆らったりはしなかったから、しっかり目付の職を務めていたよ。俳諧《はいかい》が好きでおっとりした性分だったが、頭は切れたな」

「たいしたもんだ」

「歳《とし》も同じだった。ということは、おれもいつ死んでもおかしくはないってことか」

「亀山さんは大丈夫だよ。憎まれっ子、世にはばかるというやつで」

鶴田はにやにやして言った。

深川の運河に架かった橋をいくつか渡り、寺が並ぶ一画に入った。

海林寺という大きな寺で、山門をくぐり、小坊主に訊くと、墓場は本堂の裏手になっていた。

高杉家代々の墓の前に来て、

——ん？

と、亀山は目を瞠った。

「どうかしたかい？」

「饅頭が供えられている」

「ああ。ずいぶん供えたもんだね。よっぽど甘党だったんだ？」

「いや。甘いものなど嫌いだったはずだ」

「そうなの？」

「大酒飲みだったぞ」

「ああ、そりゃあ饅頭は食わぬな」

「うむ」

亀山はしきりに首をひねっている。

そこへ足音がして、見ると若い女である。どうやら高杉家の遺族らしい。

亀山たちはそっと脇へ寄った。

女は墓の前に来ると、お供えの饅頭を見て、

「これはあなたがたが？」

と、訊いた。

「いや、わしらではない。来たら、すでに供えてあった」

亀山は答えた。

「やあね」

女は小さく言って、その饅頭の包みをまるでゴミのように片づけてしまう。なんだか勿体ない気もするが、毒が入っていたりしたら大変である。

手を合わせ終わるのを待って、

「わしは亀山という者だがな」

と、声をかける。

「亀山さま？」

「娘さんかな？」

「いえ、妻でございます」

たぶん二十代半ば。やはり後妻なのだろう。

かなり上背がある。中肉中背だった高杉より、少し大きいのではないか。肥《ふと》っては

いないが、いかにも立派な体格である。

いちおう黒っぽい着物を着ているが、化粧などに艶《あで》やかさがある。水商売にでもいたのかと、亀山は内心で思った。

「高杉とは年少のころからの付き合いでしてな」

「そうでしたか。存じ上げずに申し訳ありません」

「いや、それより、高杉は饅頭など食わぬわな？」

「はい。むしろ、甘いものは嫌いでした」

「そうそう」

「こんなものを供えられて、当人も嫌がっているでしょう」

「たしかに」

「じつは、昨日も一昨日《おととい》も供えられていたのです」

「それだと……」

遺族にはつらいだろうが、誰かの嫌がらせかもしれない。

「調べてみましょうか？」

と、亀山は訊いた。

悪意のしわざなら、この先、もっとひどくなるかもしれない。

「いや、大丈夫です。たかだかつまらぬ悪戯《いたずら》でしょうから」

迷惑そうにした。

「そうですか」

とは言ったが、やはり気になる。

二

高杉の奥方は昨日も一昨日も置いてあったと言っていた。今日もあったのだから、明日もあるかもしれない。

誰が供えているのか、木挽町の銛蔵に頼んで見張らせることにした。

翌朝——。

亀山が所用を一件片づけてから汐留の竜野藩邸に行くと、ちょうど銛蔵も来たばかりで、

「旦那《だんな》、ガキのしていたことでした」

と、言った。

鶴田も呼んでいっしょに話を聞いてみると、

「饅頭を持って墓の前にやって来たところを捕まえたのですが、八つくらいの近所のガキでした。知らないおばちゃんに頼まれたと言ってました。こづかいを五文もらったそうです」

「そのおばちゃんは？」

「探しましたが、見つけられませんでした」

「子どもはよく墓がわかったな？」

と、亀山は訊いた。けっこう大きな墓地で、八つくらいで墓石の字が読めたらたいしたものである。

「いや、亀《かめ》のお線香立てがあるからわかると言われたそうです」

「あ、なるほど」

たしかにそうだった。あれを目印にすれば、子どもでも見つけられる。

「だが、子どもを使ったということは、誰かに見張られていると思ったんでしょうね」

と、銛蔵は言った。

「それで、その饅頭だな？」

亀山は、銛蔵が持って来た包みを指差した。

「ええ」

「どこにでもある饅頭だよな」

「そうですね」

経木《きょうぎ》に饅頭が十個。本当はこれをさらに紙で包んだのだろうが、それには店の名前などが刷ってあったりするから、取って捨てたに違いない。

「味を確かめてみるか？」

と、亀山は訊いた。

「あっしがですか？」

「嫌か？」

「ちっと気味が悪いんで、まず、犬にでも毒見をさせてもらえませんか？」

「犬なんかおらぬさ」

鶴田がそう言って、手を伸ばして、饅頭を取ろうとしたが、

「ちょっ、ちょっとお待ちを。鶴田の旦那に食べさせるくらいなら、あっしが食べますよ」

と、銛蔵はいきなり食べた。

味わいながら、ごくりと飲み込む。

すると、銛蔵はふいに顔を歪《ゆが》め、

「う……」

喉《のど》を掻《か》きむしるようにした。

鶴田は慌てて、

「どうした？　吐け。早く吐くんだ！」

と、叫んだ。

「へへっ、大丈夫です。いや、これはうまいです」

銛蔵は、にやっと笑った。

「なんだ、脅《おど》かすなよ」

鶴田ばかりでなく、亀山もホッとした。

「小豆《あずき》も上物だし、砂糖もケチってないから、甘いです」

「どれどれ」

と、鶴田はまず、匂《にお》いを嗅《か》いだ。

「あれ、旦那。さっきはいきなり食べようとなさったのに？」

「いや、あれは食うふりをしただけだよ。まさか、お前がいきなり食べるとは思わなかったから」

「そうなので？」

「ま、死んだ人に毒を盛るやつはいないわな」

と、鶴田が口に入れると、

「どれどれ」

亀山も食べて、

「あ、ほんとにうまいな」

「でしょう」

「これだけうまいと、店がわかるのではないか？」

と、亀山は銛蔵に訊いた。

「どうでしょうか。ただ、あの近くの饅頭屋はすでに訊き込みを済ませてきましたが、四日連続で饅頭十個を買った客はいませんでした」

「そうか」

だが、手分けして、江戸中の饅頭屋を当たるしかないだろう。

「そうだ、女中たちにも食わせてみよう」

鶴田は残りを持って女中部屋に行き、五人ほどいた女中たちに、

「お裾《すそわ》分けだよ」

と、食べさせた。

亀山もどうなることかと見物する。

「これはおいしいお饅頭ですね。どこのお饅頭です？」

女中の一人が言った。

「それをあんたたちに訊こうと思ったのさ」

と、鶴田は言った。

「そうですか。わかる？」

訊かれた女中は、

「わたしはわからない。でも、姫さまならおわかりかも」

と、言った。

「なんで？」

「姫さまは、甘いものが大好きで、おくわしいから。江戸の甘いものは、たいがいご存じでいらっしゃるのよ」

「そうなのか」

だが、いくらなんでも姫さまにはやらせられない。

「ちょっと持ってってお訊きしてみましょう」

女中が立ち上がったので、

「いや、駄目だ、それは」

と、鶴田は慌てて止めた。

「大丈夫よ」

「それは駄目だ」

「どうして？」

「駄目なものは駄目だ」

言い合いをしていると、そこへちょうど脇坂とゑい姫が通りかかった。

「あら、姫さま」

女中が饅頭を持っているのを見て、

「おや、お饅頭が」

ゑい姫は目を輝かせた。

「どこの店の饅頭かと訊かれたのですが、あたしたちではわからないと。でも、姫さまならおわかりですよね」

「いや、おやめください。じつは、これは墓場で拾った饅頭なので」

鶴田がそう言うと、

「墓場で拾った？」

「そんなものをあたしたちに？」

女中たちからいっせいに非難の声が上がった。

「仕方がないだろう。わしらも食べたのだから」

「でも、ないしょで食べさせるなんてね」

「鶴田さま、ひどぉーい！」

この言い争いに、

「もう、およしなさい」

と、ゑい姫はあいだに入り、

「でも、わらわは食べなくてもわかるわ」

自慢げに微笑《ほほえ》んだ。

「そうなのか？」

わきで、脇坂が驚いた。

「はい。見た目だけでもわかります。それ、薄皮のところに大きな豆の粒々が見えてるでしょ。それは、あんこのなかに、ちょっと硬めに煮たエンドウ豆を入れてるの。だから、食べたときの歯ごたえもいいのよね。そのエンドウ豆の大きさと、いっぱい入っていることと、それから丸いかたちだけど、裾のところがちょっと広がったようになってるでしょ。それで麻布十番《あざぶじゅうばん》の〈松田屋《まつだや》〉の饅頭だとわかりました」

「凄《すご》いな、ゑい」

脇坂は尊敬の目でゑい姫を見た。

誰もいなかったら、抱きすくめてしまいそうな、熱っぽい眼差《まなざ》しである。

「いちおう念のため、味見してみましょう」

ゑい姫は手を伸ばした。

「いや、姫さま」

鶴田は止めた。

「だって、皆も食べたのでしょう？」

「ですが、やはり」

「大丈夫よ」

と、ゑい姫は一口食べて、

「ほら、かなり甘いでしょ。わらわは、こんなに甘くしないほうが好きなんだけど、でもこれで松田屋の饅頭ってことは確実ね」

「そうでしたか」

鶴田は恐縮しながらうなずいた。

三

さっそく麻布十番の松田屋に向かった。

確かにこのところ、毎朝、饅頭を買いに来る女の客がいるという。

そこで翌朝、亀山と鶴田は、店の近くに張り込んだ。

「あれじゃないか」

鶴田が顎《あご》をしゃくった。

「そうかな」

やって来たのは、娘というより﨟《ろう》たけた女だった。

饅頭を十個買った。間違いないだろう。包み紙をしたまま、持っているが、子どもに託すときにでも取り払うのだろう。

買い終えて歩き出したところに、

「そこな御婦人」

と、亀山が声をかけた。

「なにか？」

振り返った顔は、彫りの深い、不思議な顔立ちである。異人は男しか見たことがないが、女はこういう顔立ちなのではないか。

「その饅頭は、高杉重蔵の墓に供えるのだな？」

「あ、はい」

女は不審そうに二人を見ている。

「なんのために？」

「あなた方は？」

訊き返してきた。

「わしは高杉の昔からの知り合いで、亀山と申す」

亀山のほうだけ名乗った。

女は安心したような顔になって、

「じつは、高杉さまが亡くなられる前に、依頼されたのです」

と、言った。

「高杉から？」

「はい。わしが死んだら、しばらくのあいだ、墓に饅頭を毎日、供えてくれと」

「しばらくご病気で、床につきましたので、お見舞いに枕元《まくらもと》に伺ったとき、そう言われました。お饅頭がお好きでしたっけ？　とお訊きしますと、好きではない。いいから、頼んだぞと」

「頼まれたのか」

「わけも伺いたかったのですが、あまり枕元にいることができませんでした」

女は思慮深そうな顔で亀山を見た。

「子どもを使ったのは？」

「それは、家の者には見つからないようにしてくれと言われましたので、わたしなりに考えてしたことです」

「見つからないようにとな」

「こう言ってはなんですが……」

と、女はそこでためらった。

「われらは寺社方の役人をしている者だ。そなたから聞いたとは言わぬ。安心してくれ」

と、亀山は言った。

「高杉が……」

「はい。どうも、奥さまのことをお疑いのようでした」

「ほう」

だが、亀山にはさほど意外な話ではない。あの奥方には、温厚だった高杉には似つかわしくない剣呑《けんのん》な雰囲気が漂っていた。

「松田屋のその饅頭にしたのは？」

と、鶴田が訊いた。

「家がこの近くですし、自分が好きなものですから」

「なるほど」

饅頭を供えてなんになるのか？

なにかの悪事を示したのだろうか？

「なぜ高杉は好きでもなかった饅頭を供えるように頼んだのか、そなたにもまったく思い当たることはないのかな？」

と、亀山は訊いた。

「まったく、わかりません。ただ、どなたかにお会いしたがっていたけど、その方は京都に出張しているので会えないと告げられていたと、あの屋敷のお女中がそんな噂《うわさ》をしていました」

「ほう」

わきから鶴田が、

「あんたのことじゃないかな？」

と、言った。

「どうだろうな。なんせ、ここしばらくは会っていなかったしな」

もし、会いたがっていたのが自分なら、京都の出張は嘘《うそ》である。物見遊山《ものみゆさん》はともかく、京都に出張などしたことはない。

「そなたと高杉さんの関《かか》わりは？」

と、鶴田が訊いた。

「たけと申します。高杉さまのお屋敷には、前の奥さまのときから着物の仕立てを頼まれておりまして」

「前のというと、奥方は後妻か？」

それは当たりはついていた。

やけに若かった。

だが、高杉の好みではないはずだった。

好みだったら、ちと歳は行っているが、このおたけという女のほうだろう。

「そうです。去年、お屋敷に入られました」

「前の奥方は亡くなったのかな？」

亀山は嫌な予感がした。以前、二件ほど、奥方をひそかに殺害し、後妻を送り込んだという悪事を担当している。

「出家なさいまして」

「出家？」

それは意外ななりゆきである。

「二年ほど前でした」

「なにかあったのかな？」

「じつは、高杉さまのお子さまはお身体《からだ》が弱く、目付の激職が務まるかと、ずっと悩んでおられました。養子を取るかともお考えだったようです。でも、奥さまは反対なさっていました。思いあまって、信頼されていたお坊さまに相談なさると、修行次第では丈夫な身体になれるからと、お子さまを寺のほうで預かられたのです」

「なるほど」

「それで、奥さまもしばしばお寺に通われていたのですが、そのうちにお二人に心境の変化が現われたらしくて」

「心境の変化？」

「はい。家督を継ぐのがそんなに大事かと思われたみたいです」

「それは……」

家を守るというのは、武士がいちばんに考えることである。そこを否定されたら、高杉もさぞ驚いただろう。

「高杉さまもお怒りになりましたが、とうとうお二人とも出家されて」

「そうだったのか」

それはさぞかしすったもんだもあったのだろう。気の病から身体の病になっても不思議はない。

「信仰に熱心だったころ、奥さまはお寺にずいぶん寄進をなさっていて、家の蓄えなどもずいぶん減っていたそうです」

「で、結局、いまの奥方を迎えたわけか」

「はい。ご縁があって、大奥におられた方をお迎えになって」

「大奥？　大奥にいたのか？」

亀山は思わず鶴田と顔を見合わせた。こんなところで大奥が関わってくるとは、予想だにしなかった。

「はい。ご体格もよろしくて、かならず跡継ぎができるはずということでしたが、来て早々に高杉さまがお亡くなりになってしまいました」

「そんなことがあったのか」

病んだと聞いたとき、すぐに高杉を見舞えばよかったと、亀山は悔やんだ。

「前の奥方はどこの寺に出家したのかな？」

ぜひ、奥方の話も訊いてみたい。

「鎌倉《かまくら》の寺です。名はなんと言ったか？」

「東慶寺《とうけいじ》か？」

縁切寺としても有名な尼寺《あまでら》である。

「だったかもしれません」

「鎌倉か」

亀山は顔をしかめた。

「遠いな」

と、鶴田もうなずいた。

うまく会えなかったりすると、二日どころか何日もかかるかもしれない。この忙しいときに、鎌倉行きはきつい。

饅頭はこのまま供えつづけてみてくれと頼み、おたけは帰すことにした。住まいも聞いたので、なにかあれば訪ねることもできる。

別れ際、亀山はどうしても気になって、

「高杉はおたけさんのことが好きだっただろうな」

と、言った。

「わたしもです」

「なるほど」

これで二人の関係も納得した。

四

おたけを見送ったあと、

「高杉さんは、あんたに伝えたかったのだろうな?」

と、鶴田は言った。

「どうだろうな」

自分であってもおかしくはないが、ほかの者の場合もあり得る。

「いや、変わったことをしたら、あんたが謎《なぞ》を解いてくれるだろうと思ったんだ。同じ状況になったら、おれでもそうするよ。あんたなら解いてくれそうだから」

「それは光栄な話だがな」

やはり断言はできない。

「それにしても、饅頭とはな」

と、鶴田は言った。

「まったくだ。なんだろうな」

おたけから饅頭の包みをもらっている。

藩邸にもどって、もう一度、食べながら考えてみてもいい。

だが、歩いている途中で、

「あ」

亀山は足を止めた。

「どうした？」

「思い出したことがある」

「なんだよ」

「饅頭上人《しょうにん》」

と、亀山は遠くを見るような目をして言った。

「饅頭上人？」

「本当は萬愁《まんしゆう》上人という名だったが、顔が真ん丸だったので、おれと高杉は饅頭上人と綽名《あだな》で呼んだのさ」

「そんなことがあったのか？」

「ああ。もう三十年ほど前になるな……」

記憶が甦《よみがえ》ってきた。

「わしがまだ目付の職にあったころだ。高杉といっしょに動き回っていた」

「いまの亀山とわたしみたいに？」

「そう。あいつは、なんといったかな……そうだ、天野《あまの》なにがしだ。旗本で天野なにがしの素行を探っていたんだ」

「素行？」

「そいつに辻斬《つじぎ》りをしているという噂があったのさ」

「なるほど」

「だが、そんなとき、大川で女の死体が上がったのさ。首に絞められた跡があり、殺されたのは明らかだった。裸ではないが、身元がわかるものはなにもなかった。だが、髷《まげ》や着物などから武家に奉公する女だろうと、これも目付のほうで動いた。結局、着物の柄で越後屋《えちごや》の仕立てとわかり、そこからなんと天野の家の女中だったことがわかってな」

「天野はしらばくれていたのか？」

「ま、女中一人がいなくなっても、あるじはさほど気にもとめぬのだろうがな。ただ、女中らしい女の死体が上がったと伝えると、近くの彗香寺《すいこうじ》という寺に行くと言って、出たきりになっていたと答えたらしい。女中がもどらないと彗香寺に伝えると、そうしたおなごは来ていないと言われたのだそうだ」

「その寺の住職が？」

「そう。それが萬愁上人だった」

「どうも、怪しげな話でな。もちろん、おれたちは天野を疑って調べを進めた。ところが、彗香寺に女が入るのを見たという者も出てきてな」

「ははあ」

「調べると、天野と萬愁上人は、茶器の貸し借りなどもしていたらしい」

「茶器の？」

「井戸《いど》の茶碗《ちゃわん》と呼ばれる名器だった。これを天野が所蔵していて、萬愁に貸したりしていたのさ。それで、当日も女中がそれを届けた」

「だが、殺されて、井戸の茶碗も消えたってか？」

鶴田が口調はふざけているが、真面目な顔で訊いた。

「そういうこと」

「では、萬愁も怪しいのか」

「疑う余地が出てきたわな。だが、証拠が出て来ない」

「なるほど」

「結局、その件はうやむやになった」

「うやむやにするか？」

「そのすぐあとで、天野が辻斬りをするところをはっきり目撃されたりして、大騒ぎになってな」

「天野はこれか？」

と、鶴田は握った手を腹にあて、強く横に引く真似《まね》をした。

「ま、そういうことだわな」

「女中殺しも、井戸の茶碗も闇《やみ》のなかか」

「ああ」

「まさか、その証拠か、井戸の茶碗が出てきたとか?」

「そうかもしれぬ」

「いずれにせよ、その萬愁上人とやらに関わりがあるだろう」

「うむ」

「彗香寺とやらに行ってみるか?」

「無駄だ。あそこは廃寺になったはずだ」

「そうか。だが、まあ、上人の行方くらいはわかるさ」

と、鶴田は言った。

もちろん、亀山もその筋を探るつもりである。

五

「だが、その前に、高杉さんがなんで死んだか気にならないか?」

鶴田が言った。

「ああ、気になってきた」

と、亀山は眉《まゆ》をひそめた。

嫌な予感がする。

「なんて聞いてたんだ？」

「病死とだけな」

「なんの病かもわからないのか？」

「わしのところにはそれしか伝わっていないが、目付の同僚なら、もう少し聞いているだろう」

「誰か、事情を知っている者は？」

「児玉新之助《こだましんのすけ》という高杉の甥《おい》っ子も目付をしている。あいつなら、詳しい症状も聞いているだろう。よし、訊きに行こう」

と、評定所に向かった。

道三橋《どうさんばし》のたもとにある評定所は、寺社奉行も集まるところで、二人はのべつ供として脇坂のそばに控えている。だが、今日は目付衆の控え部屋に顔を出し、

「児玉」

と、声をかけた。

「これは亀山さん」

「高杉はとんだことだったな」

「はい」

児玉は神妙にうなずいた。お調子者のところがあって、高杉にはよく叱《しか》られたらしいが、三十も過ぎて落ち着きも出てきたのだろう。

「わしは葬儀にも行けなかったので、数日前に墓に参って来たが、ちと、気になることがあってな」

「なんでしょう？」

「じつは、なんで死んだかを聞いておらぬのだ」

「病ですよ。亡くなるひと月くらい前から、ここでも近ごろ身体の具合が悪いとは言っていました」

「どんなふうに？」

「身体が重くて、ときおりふらつくのだと。そう言って数日したら、寝ついてしまったのです。わたしが見舞ったときは、どうも手足がしびれると言ってました」

「医者にはかかっていたのだろう？」

「ええ。かかりつけで、小伝馬町《こてんまちよう》の真野十庵《まのじゆうあん》という医者です。わたしの家でもおやじがかかっていますが、いい医者ですよ」

「ああ、十庵か」

亀山自身はかかったことはないが、たしか子どもが小さいときに、何度か往診を頼んだことがあったはずである。

「高杉はそのころ難しい調べを抱えていたということは?」

亀山はさらに訊いた。

「そういうのはなかったでしょう」

「ふうむ」

「なにか気になるのですか?」

「まあな。若い奥方がいるだろう」

「いや、それですよ」

児玉は若い者には似合わない下卑《げび》た笑顔を見せた。

「それ?」

「ほかの目付衆も若い奥方をもらったので、叔父貴《おじき》もきつくなったのだろうと」

どうも、目付衆はその程度の疑いしかもっていないらしかった。

亀山は、鶴田とともに、小伝馬町の真野十庵を訪ねた。

なかに入ると、ひどくばたばたしていた。

十庵と弟子と、それに女房らしき女と三人がかりで、横になった男の胸を押したり、叩《たた》いたりしているところだった。

どうも心《しん》ノ臓《ぞう》がやられたらしい。

男は死んではおらず、苦しそうに顔をしかめている。

「よし。手と足を揉《も》んでくれ」

十庵に言われ、弟子と女房はそれぞれ手と足を揉み始めた。

十庵は男の胸に耳を当て、鼓動を聞いているらしい。

「うん。大丈夫だ。どうだ、痛みは？」

と、まだ耳を当てたまま、男に訊いた。

「あ、痛みはおさまっています」

「大きく息を吸ったり吐いたりしてみてくれ」

大きな腹が、膨らんだり、しぼんだりする。

「よし、起きて」

「はい」

男は、仰向けに寝ていたところから起き直り、あぐらをかいた。

「水を飲ませてやれ」

男はもらった水をうまそうに飲んだ。

「このあいだも瘦《や》せないと、心ノ臓をやられると、注意したよな」

「はい。いちおう努力はしているのですが」

「早急に五貫（一九キログラム）瘦せること」

「五貫！」

「お前は五貫瘦せてもまだ充分、太いだろうが。早急に五貫、一年で十貫。でないと、ほんとに次は命がないぞ」

「わかりました」

男が診察部屋を出ると、十庵はようやく亀山と鶴田に気づいたらしく、

「なにか？」

と、訊いた。

「わしは、寺社方にいる亀山と申す。こっちは同僚の鶴田だ」

「はい。お宅に伺ったことはございます」

「このあいだは、高杉重蔵も世話になった」

「あ、いえ、残念でした」

「その高杉のことで訊きたいのだ」

「なにか？」

亀山は、弟子と女房が薬部屋のほうにいるのを見て、

「高杉の死についてだが、毒殺はないか？　もちろん、十庵先生を疑っているのではない」

と、小声で訊いた。

「……」

十庵は、眉間《みけん》に皺《しわ》を寄せ、沈痛な顔で考え込んだ。

なかなか答えない。

「どうだ？」

さらに訊いた。

「あり得たと思います」

十庵はつらそうな顔で言った。

「やっぱり」

「わたしも、病状の推移が、どうにも解せませんでした。ただ、証拠を示せと言われると難しいです」

「そうなのか？」

「毒物を少量ずつやられると、毒の特定も難しくなります」

「ぜったい、証拠は摑めぬと思うか？」

「毒を盛るところを目撃したり、あるいは毒が出てきたりしない限り、無理でしょうな」

「わかった。医者にはつらいことを訊いてすまなかったな」

亀山はそう言って帰りかけると、十庵が見送りがてら玄関で、

「もし、わたしの調合した薬が残っていたら、お持ちいただけると……」

「なにがわかる？」

「わたしの薬をちゃんと飲ませていたかどうかはわかります」

「なるほど」

それは確かめてみるつもりだった。

六

高杉の屋敷は神田《かんだ》お玉《たま》ヶ池《いけ》にあり、小伝馬町からはすぐである。

亀山は、鶴田とともに高杉の屋敷を訪ねることにした。

　名目は「仏壇に手を合わせたい」だが、もちろん奥方を探るつもりである。

「ここだ、ここだ」

　門構えに見覚えがあった。

　ここはお互い独り身だったころに一度入って以来である。あとは、外で酒を酌《く》み交《か》わすのがほとんどだった。

　玄関口で来訪の名目を告げると、女中が出て来て、

「あいにく奥さまはお出かけですが、どうぞ、お仏壇にはご案内いたします」

　と言われ、仏間に入った。

「これをご仏前に」

　と、亀山が差し出したのは饅頭である。

「え？」

　女中は怪訝そうな顔をした。

「じつは高杉が、昔、饅頭が好きだったのを思い出してな。ただ、若いときに願掛けをして饅頭断ちしたのさ。死んだからもういいだろうと思って持って来た」

　亀山が思いつきで嘘を言うと、

「そうだったのですか」

と、女中は安心したような顔をした。

どうやらこの女中は、奥方派とでも言うべき立場なのだろう。

仏壇に手を合わせると、女中は早く帰ってと言いたそうな顔をしている。

「つかぬことを伺うが、高杉が飲んでいた薬というのはあるかな？」

「薬？」

「さよう」

「なにゆえにでしょう？」

「じつは、高杉は小伝馬町の医者で十庵のところにかかっていたよな」

「あ、はい」

「その十庵先生が、高杉を亡くしたのをひどく悔やんでな」

「そうなので」

「処方した薬が効かなかったのか、もう一度検討してみたいので、持ち帰ってくれと頼まれたのさ」

「ああ」

「まだ、あるだろう？」

「ちょっと見て参ります」

女中はいったん部屋から出て、少ししてもどって来た。

「あいにくもう飲み終えてしまい、次をもらいに行こうというとき、旦那さまがお亡くなりになってしまったそうです」

「そうです？」

と、鶴田は訊き返した。

誰かに訊いてきたという返事である。

「あ、はい。薬を煎《せん》じていた下男がそのように」

「それは残念だった」

「申し訳ありません」

「だが、十庵先生は、薬は渡したばかりだったとおっしゃっていたぞ」

と、亀山が言った。

「そうですか？　もしかしたら、下男はこぼしてしまったのかもしれません。けっこうな歳ですので」

「その下男に話を訊いてみたいな」

「なんの？」

「もちろん、高杉の闘病ぶりさ」

「ああ、下男はかなりの歳なので、よく考えず妙なことを言う癖があるので、とても人さまの前には」

「そうか」

亀山は思わせぶりに笑った。

「また伺うかもしれぬ」

そう言って、高杉家を出た。

歩き出してすぐ、

「鶴田。感じるか？」

と、亀山は訊いた。

「もちろんだ。見られてるな」

誰かが隠れてこっちを見ている。それが気配でわかる。

「これはやはり行かざるを得ないな」

「鎌倉だろう。ああ、明日にでも行くことにしよう」

亀山は、後ろを振り返って言った。

「高杉は間違いなく、ろくでもないやつらに殺されたのだ」

七

翌朝、鎌倉に発《た》つことにして、亀山はその支度で自分の屋敷に帰ってしまった。南町奉行所から、

「泥棒を捕まえた。尋問されますか？」

という連絡が来たのは、そのすぐあとだった。

鶴田は、亀山には明日の朝、報告することにして、とりあえず一人で南町奉行所に向かった。

連絡をくれた与力が、奉行所内の牢に案内し、

「あいつです。行き当たりばったりの盗みではなく、盗みで食ってきた玄人ですね。お目当ての連中かもしれませんぞ」

と、言った。

「盗んだのは金ですか？」

「いや、茶器です」

「茶器？」

「なんでも好事家《こうずか》には垂涎《すいぜん》の的《まと》の名品だそうです。われらが見れば、そこらで拾ったような茶碗ですが」

「なるほど」

詳しい調べは町方にまかせるとして、鶴田は例の悪縁結びにつながることだけを訊《たず》ねることにした。

鶴田は牢のなかに入り、盗人の前に座って、

「お前、五右衛門の祠は知ってるよな？」

と、訊いた。

盗人は四十前後。なかなかふてぶてしい顔をしている。

「石川五右衛門のですか？　ああ、聞いたことはあります。四谷だか赤坂《あかさか》あたりにあるんでしょう？」

「お前も参ったことがあるんだろう？」

「いや、あっしはないです。行きたいとは思っていましたが」

「泥棒仲間で行ったやつはいるだろう？」

「泥棒仲間なんざいませんよ」

「いつも一人でやるのか？」

「ええ。なまじ組んでやると、足もつきやすいんでね」

「盗んだ茶器だが、おめえが使うのかい？」

「そりゃあ、茶はやりませんが、しばらくは見て楽しみます。ああいうのが好きなんでね」

「なにがいい？」

「そりゃあ、いいものはきれいですから」

「茶器専門なのか？」

「いいえ。あっしはきれいなものが好きなんでね。仏像だって、きれいだったら盗みますよ」

「あとはどういうものを狙《ねら》う？」

「いまなら雪舟《せっしゅう》ですね」

「雪舟？　墨絵か？」

「はい。雪舟をひどく欲しがっているところがあるらしいんです」

「欲しがっているところ？　集めているのか？」

「さあ。あっしも詳しくは知らないんですが、どこかのお寺さんが、雪舟をひどく欲しがっているらしいです」

「ほう」

どうやら、悪縁結びとはつながりそうもないので、尋問はこれで終わることにした。

汐留の藩邸にもどり、鶴田は宮司《ぐうじ》殺しの下手人である又蔵を見に行った。

又蔵は、つねに見張ることができるよう、別棟の牢《ろう》ではなく、屋敷内の牢に入っている。

「どうだ？」

見張りの若い藩士に、鶴田が訊いた。

「あいかわらずです」

「お経も唱えてるかい？」

「ええ。うるさくてたまりませんよ」

又蔵は、しょっちゅうお経を唱えるが、浄土《じょうど》宗も法華《ほっけ》宗もごちゃまぜで、うろ覚えだから、無茶苦茶である。それで、寺社奉行からお情けをもらおうという魂胆も見え見えだった。

「よう、又蔵」

鶴田は牢の前で声をかけた。

「なんとしても八十人、思い出してみせます」


「あ、鶴田さま」

「なんか思い出したかい？」

「ええ。今日も一人、顔が浮かんできたので、絵にして提出したところです」

「そうか」

又蔵は意外に絵がうまく、描いた似顔絵は、今後、参考になりそうである。

「なんとしても八十人、思い出してみせます」

又蔵は必死で訴えるように言った。

「八十人は無理だろう」

「いえ。見覚えのあるのも大勢いましたし、あっしは顔を覚えるのは得意なんです」

「嘘は駄目だぞ」

「嘘なんかつきませんよ。あのお殿さまに一度、睨まれたら、もう嘘はつけませんから」

「うむ。いい心掛けだ」

又蔵は、脇坂の洞察力に感心し、「まさに閻魔《えんま》さまの生まれ変わりだ」と、牢番などにも言っているらしい。

それに又蔵は、何人かと組んでやった盗みも多いため、かなり大勢の盗人を思い出してくれそうだった。

「ところで、近ごろ、雪舟が狙われているらしいな?」

と、鶴田は言った。

「雪舟?」

「何百年も前の禅僧だが、山水画も描いた人だよ」

「あ」

又蔵が口を開けた。

「どうした?」

「いま、思い出しました。それを訊いたのがいたんです。雪舟の絵があるところは知らねえか? って」

「ほう」

「あれ、誰だっけな。大物ですよ」

「五右衛門の祠にも来てたかい?」

「あ、来てました。旦那、いいことを教えてくださいました。あれ、誰だったっけ。ああ、思い出せねえ」

又蔵は頭を掻きむしった。

「焦るな、焦るな。ゆっくり思い出せ」

鶴田はそう言って、牢から離れた。

八

翌朝――。

明け六つ（午前六時）の半刻（一時間）前には亀山が藩邸に来て、それから二人で鎌倉へ向かった。

これまでのことはすべて、脇坂に報告してある。

脇坂は、三十年前の萬愁と天野のことが気になったらしく、鶴田たちが鎌倉に行っているあいだに調べておくとのことだった。

亀山にもそういう経緯《いきさつ》を話しながら、ほとんど休まずに歩いて、正午前には北鎌倉のあたりに着いた。

東慶寺は、鎌倉の町に入る手前の谷にあると聞いて来た。

円覚寺《えんがくじ》とは反対側の坂を上ったところで、来てみると、想像していたよりずいぶん大きな寺だった。

門のところで尼僧《にそう》を呼び、寺社方の者だと告げ、元は旗本の高杉重蔵の妻でおゆうという尼に会いたいと頼んだ。

ところが、

「その方は、当寺にはおられませんな」

と、言うではないか。

「そんな……」

最初、会わせないために、嘘を言っているのではないかと疑った。

それで、じつは高杉はすでに亡くなり、連れ戻しに来たわけではないと。さらに、重大な悪事が起きつつあり、その手がかりが欲しくて来たのだと、丁寧に説明したが、

「もちろん、おっしゃることはよくわかりました。当寺も、尼僧と俗世の方をどうしても会わせないというわけではありません。その方は、本当にここにはおられないのです」

と言うではないか。

「なんと」

「鎌倉には、ほかにも尼寺がございますよ」

「そうなのか？」

「はい。海のほうに出て、左手の材木座《ざいもくざ》のほうにも、それと右手の長谷《はせ》のほうにもあったはずです」

「そうでしたか」

鎌倉で尼になったというから、てっきりここかと思ったが、勘違いだったらしい。

鶴岡八幡宮《つるがおかはちまんぐう》のわきを通って、海のほうに出た。

参拝もしたいが、今日はそれどころではない。もしもうまく話が聞けたら、帰りに参拝しようということになった。

「それにしても、鎌倉はいいところだな」

七里《しちり》ヶ浜《はま》の前の道で、周囲を見回しながら、鶴田は言った。

「ああ」

「素晴らしいな」

鶴田はしきりに感激している。

「まあ、源《みなもとの》　頼朝《よりとも》公の目が高かったということだろう」

亀山がそう言うと、

「だが、僧侶がこんなきれいなところにいては、なかなか悟りも得られないだろうな」

と、妙なことを言った。

「そういうものかね」

「世を捨てられるか、こんなきれいな景色を見ていて。別の執着が湧《わ》いてくるような気がするぞ」

そう言われると、亀山もそんな気がしてきた。

それに、いちがいに執着が悪いとも言えないのではないか。

かつて高杉ゆうといった人は、いまは愛愁尼《あいしゅうに》と名乗って、長谷にある〈孟仙寺《もうせんじ》〉という小さな尼寺に入っていた。

寺ではとくに咎《とが》められることもなく、愛愁尼と話すことも許された。

愛愁尼は、庭に出て来て、竹でできた縁台に座るよう二人に勧め、自分も座った。

後妻は大柄だったが、こちらはずいぶんと小柄で、子どものようなあどけない表情をしていた。

「高杉が亡くなったことは？」

と、亀山は訊いた。

「ええ、報《しら》せがありました。ここでずっと菩提《ぼだい》を弔っています」

表情は変わらない。涙を見せるでもない。

穏やかな心というのは、それほど素晴らしいものだろうか——という思いが、亀山に浮かんだ。同時に、脇坂の顔も浮かんだ。あの、しばしば怒りに顔を真っ赤にする脇坂の表情が、ひどく人間臭く、懐かしいものに思えた。

「高杉は後妻をもらってますね？」

亀山はさらに訊いた。

「はい。わたしもそうしてくれるようお願いしましたので。跡継ぎもつくっていただけるだろうと期待していました」

「後妻になった人は、ご存じの方だったのですか？」

「いいえ。でも、信頼できる方が見つけてくださると聞いて、安心しておりました」

「信頼できる人とは？」

「それはご迷惑をかけるといけないので、差し控えさせていただきます」

と、愛愁尼はうつむいた。

風が庭を吹き過ぎた。

楓《かえで》の多い庭の緑が、さわさわとなびき、また収まった。

「ところで、あなたは萬愁という僧侶はご存じですか？」

亀山は訊いた。

「え？」

愛愁尼は、驚いて顔を上げた。

「ご存じですね？」

「はい」

「信頼できる人というのは？」

「萬愁上人さまです」

「いまは、彗香寺の住職ではないですよね？」

「それは以前、いらっしゃったお寺ですね。いまは、根津にある延宝寺《えんぽうじ》という寺のご住職をなさっています」

「お知り合いになったきっかけは？」

「茶道をたしなんでおりまして、そのつながりでご紹介いただきました」

「延宝寺は禅宗の寺ではないですよね？」

「禅宗ではありません。法華でございます。でも、萬愁さまは禅にもお詳しく、また茶道も達者でいらっしゃいます」

「ほう」

「親しくしていたお坊さまに、悩みを相談されていたと聞きました」

「はい。それも萬愁さまのことです。ずいぶん相談に乗っていただきました」

「跡継ぎになるはずの息子さんのことで悩まれたと？」

「そうです。わたしが跡継ぎということにとらわれ過ぎておりましたから」

「でも、息子さんも出家なされた？」

「はい。いまでは身体も丈夫になり、跡継ぎという重荷も取れ、修行に励んでおります」

愛愁尼はさっぱりした顔で言った。

「よく、そこまで決心なさいましたな？」

「自分の気持ちを確かめていくと、おのずと出て来た結論でした」

「だが、自分の気持ちというのは、意外にわからないものでしょう？」

「それは萬愁さまのお導きがありましたから」

「導き？」

「萬愁さまは、厳しい方ですので」

「厳しいとは？」

「どんどんわたしが自分の心の奥をのぞき込むよう、次々に質問してくるのです。その質問の鋭さは、まるで槍《やり》のようでした」

「ふうむ」

鶴田は腕組みして唸《うな》った。

ふつう、われわれは他人に対してあまり突っ込んだことは訊かない。当然、言いたくないこともあるだろうし、自分で触れたくないこともある。だが、萬愁はそれを話せと、触れたくないものに触れろと突き詰めていったのだろう。

だが、いったい、そんなことを仏を信じる者が強要するのだろうか。仏というのは、もっと憐《あわ》れみの心があるのではないか。

すべてよし。それでよし。

それが仏の心ではないのか。

「それでご自身の心は明らかになったのですな?」

と、亀山は訊いた。

「はい。なんともおぞましく、情けないものでした。わたしの奥底にあった本心は」

「さしつかえなければ?」

「いろんな執着に凝り固まっていたのです。息子のことは申しましたが、ほかにも高杉の家の矜持《きょうじ》とか、無駄な財産とか」

あまりにも強い欲望は、それは醜いと言える。だが、高杉程度の暮らしは、さほど非難されるべきものではないような気がする。おぞましいとか、情けないなどという感情は、本当にこの人のなかから湧き出たのだろうか。

「その萬愁と知り合ったことで、おゆうどの、いや愛愁尼さまはいまの境遇になられたのですね？」

「はい」

「まだ高杉の家にいるとき、ずいぶん寄進もなさったそうですな？」

「それは当然のことです。無駄な財産は捨てるべきです。高杉も、雪舟以外の書画骨《こっ》董《とう》は寄進してもよいと言ってましたから」

「雪舟？　雪舟の絵があったのですか？」

わきから鶴田が訊いた。

「はい。何代か前まで高杉の家が京都にあったころ、入手したものだそうで、高杉は家宝だと申しておりました」

「萬愁が雪舟の絵を？」

もしや、雪舟を集めているというのは、延宝寺なのか？

だが、雪舟の絵は恐ろしく高価だと聞く。延宝寺はそれほどの財力を持っているのか？

「萬愁さまは、雪舟の絵というのは、おさまるべきところがあるとおっしゃってましたが」

「おさまるべきところ？」

「延宝寺は、谷中の延命院と縁の深い寺ですので、おそらく延命院ではないかと」

「……！」

亀山と鶴田は、唖然《あぜん》とするばかりだった。

もはや鶴岡八幡宮の参拝どころではない。急いで江戸に帰ることにした。

歩きながら、亀山は言った。

「萬愁だ。高杉家の雪舟の絵を狙って、まずは奥方を迷わせ、寄進させようとしたがしくじった。そこで、延命院の伝手《つて》で大奥から後妻の女を出してもらい、高杉を毒殺したうえで、後妻から寄進させることにしたのだ」

「ひどいね」

「ひどい話だ」

「だが、坊主がそこまでやるかね？」

「やらないと思いたいよな」

「思いたいよ」

「ところが、仏敵だの、仏のためだのと思い込むと、信仰の深い者はやってしまうのさ。恐いよな、信心は」

寺社方が長い亀山は、そんな例を山ほど見てきた。

「たしかに」

亀山も信心の恐さは知っている。

「だが、逆もある」

と、亀山は言った。

「逆？」

「かたちこそ宗教者だが、じつは神も仏もまったく信じていないという者もいる。それもまた、とんでもない悪事をなす」

「萬愁は？」

「おそらくそっちだ」

すでに陽《ひ》は暮れている。

このまま歩きつづけても、江戸に着くのは真夜中だろう。すると、翌日があまり動けない。

保土《ほど》ヶ谷《や》の宿に泊まり、翌朝早く、江戸に向かった。

九

脇坂淡路守は、二人の報告を聞くと、すぐさま、

「よし。その饅頭坊主をひっくくるぞ」

と、言った。

「殿。いくらなんでも、それは性急では」

鶴田が諌《いさ》めた。

「そんなことはない。そなたたちが鎌倉に行っているあいだ、おれのほうでも木挽町の銛蔵を動かしていたのだ」

そう言いながらも、脇坂はすでに出かける仕度を始めている。

亀山と鶴田も、旅装を解く暇もなく、脇坂の後を追った。

根津の延宝寺に着くと、脇坂たちはどかどかと住職の萬愁がいる部屋に入った。小坊主たちが仰天し、逃げ惑うように右往左往した。

「萬愁、久しぶりだな」

最初に亀山が声をかけた。

「どなたかな？　こんな無礼な知り合いがいたようには記憶しておらぬが」

萬愁は、嫌みたらしいことを言った。

「会ったのは三十年前だ」

「それはまた、ずいぶん昔のことで」

と、萬愁は遠い過去を振り返るように、目を細めた。

いま、歳のころは六十五くらいか。あのときは老けて見えたが、まだ三十代だったのだ。頭を丸めていると、若いときは老けて見え、歳を取ると逆に若く見える気がする。

「亡くなった高杉といっしょに、そなたと会ったのだ」

「そうでしたか」

「なぜ、いま、わしがここに来たと思う？」

亀山はさらに訊いた。

「さあ」

「高杉の死を調べていてな」

「高杉さまの」

「ところが、あそこの奥方がわしがなにか調べるのを避けているらしい」

「ほう」

「高杉はわしと会いたがっていたが、奥方が嘘まで言って会わせなかった」

「それは、なぜ？」

「なぜだろうな。だが、高杉はひそかに、墓前に毎日、饅頭を供えるよう、ある者に言い残していた」

「饅頭がそんなにお好きでしたか」

「いや、饅頭じゃない。高杉はわしに会うことはできなかったが、亡くなったら墓参りくらいはするだろうと思っていた。そのとき、墓前に毎日、饅頭が供えられていたらおかしいと感じるだろうとな。なにせ、あいつは饅頭など決して口にはしなかったのだから」

「訴えたわけですな」

「さよう。饅頭とは、すなわち萬愁、あんたのことだ」

「わたしのこと？」

「さよう。あのとき、わしと高杉はあんたのことを陰では饅頭上人と呼んでいたのさ」

「それはひどいですな」

「それで、あんたのことを頭に置きながら、高杉がなんで死んだかを探った。あれは、毒殺だな」

「なんと」

「毒を盛ったのはおそらくあの若い奥方。もちろん、背後に誰かがいる」

「誰か？」

「さよう。奥方は大奥から来たそうだな」

「ええ」

「紹介したのは、あんただってな」

「はい」

「大奥とつながってるのか？」

「それは単に紹介してくださる方がいただけです」

「とぼけるな。いまから、そなたを捕縛いたす」

「なにを馬鹿な。だいたい、毒を盛ったのが奥方だというなら、奥方を捕縛すればよいではないか。どんな証拠があるのか知らぬが」

と、萬愁は居直った態度を見せた。

「証拠はない」

亀山は言った。

「ならば、わしのことも捕縛できるはずがあるまい」

萬愁がそう言うと、

「生憎《あいにく》だな、坊主」

と、亀山たちの後ろにいた脇坂淡路守が、するすると前に出て来て、

「高杉殺しの証拠はまだだが、三十年前の、天野寿三郎《じゅさぶろう》の屋敷の女中、おたま殺しの証拠は出たのだ」

「え?」

「おたまは、天野が持っていた名器〈井戸の茶碗〉をそなたの元に届け、そのときに殺された。だが、そなたは来ていないと」

「……」

「その井戸の茶碗が出たのさ。日本橋の料亭〈百川《ももかわ》〉のあるじが、近ごろ、雪舟の絵とそなたの井戸の茶碗を交換した。それを天野の遺族に確かめてもらった。まさに、三十年前、おたまが届けたはずのものだったのさ」

「まだ言いたいことがあるなら、わが藩邸で聞く。寺社方の牢のなかでな」

「いや、ちょっとお待ちを。いまから葬儀が」

「経など小坊主にでも読ませればよい」

「御仏のバチが当たりますぞ」

「当てられるものなら当ててみろ。いいか、よく聞け。神も仏も、このおれが裁くのだ！」

胸のすくような、脇坂の啖呵《たんか》だった。

十

その翌日——。

亀山雷蔵は、深川の海林寺に来ていた。

高杉重蔵の墓に、雪舟の絵が無事だったことを伝えるためである。

あのあと、亀山と鶴田はすぐに高杉の屋敷に踏み込み、雪舟の絵を確保した。あやうく、奥方によって持ち出されるところだった。

「これは、いったん寺社方で預かる。盗人どもに狙われているのでな」

鶴田が掛け軸になっていたものを巻きながら言った。

「これは当家のもの」

「だから、預かるのだ」

「馬鹿をお言いでないよ！」

と、奥方はひどく激昂《げきこう》し、

「お前たちなんかに、この絵の素晴らしさはわからないよ！」

などとわめき、暴れさえした。

五人がかりで押さえつけた。それでも、捕り方の一人は目玉を掻きむしられて、出血がひどかったほどである。

「あたしは出て行く」

「無論、止めはせぬ。だが、行くところがあるのか？」

鶴田はからかうように訊いた。

「大奥にもどるわよ。なにかあれば、もどってもいいことになっていたのだから」

「そうなのか」

「あんたたち、知らないわよ、どんなことになっても。大奥が黙って引き下がると思ったら、大間違いよ」

奥方は、妙な脅しの言葉を残していなくなったのだった。

「よく報せてくれたな」

亀山は、高杉の墓に手を合わせて言った。

「おぬしの家の秘宝は、どうにか守り抜いたぞ。それと、昔、いっしょに調べたことも、ようやく真実が明らかになった。気がかりだった跡継ぎのことも、出家しているというおぬしの息子に、一連のことを話してみるつもりだ。自分たちが萬愁に操られていたとわかれば、還俗してあの家にもどることもあり得るだろうからな」

そう言って、亀山はもって来た伏見《ふしみ》の酒と、瓜《うり》の奈良漬《ならづ》けを置いた。これが墓にあったら、亀山はなんの疑いも持たなかっただろう。

「おぬしのいちばん好きだった酒のつまみだよな」

酒の匂いがする漬け物で、酒を飲むのがいいのだと、故人はよくそう言っていたものである。

第四章　目立ち過ぎた背守り

一

大奥には、火の見櫓《やぐら》のようなかたちをした——あれほど大きくはないが——時計がある。いわゆる大名時計というやつである。

それも一カ所ではなく、四カ所にある。

それらは一刻（二時間）ごとに鐘《かね》を鳴らして時刻を教えてくれる。

だから、大奥の女たちは、いつも正確な時刻がわかっている。

その時計が丑《うし》の刻《こく》（午前二時）を告げたときである。

眠っていたはずの女たちが、いっせいに起き出した。そして、白い着物に着替え、頭に五徳をかぶった。五徳には火のついたろうそくが三本、突き刺してある。

これで、ほうぼうにある神棚の、神棚が近くになければ貼《は》ってあるお札の前に行き、柱に藁《わら》人形をくくり、五寸釘《くぎ》を打ちつけ始めたのだ。

かつん、かつん。

かつん、かつん。

大奥中に乾いた音が鳴り響く。

もちろん、将軍家斉《いえなり》にも聞こえている。

なにせ、大奥千人の女たちが、いっせいに藁人形に釘を打つのだから。

初めてこの騒ぎを聞いたとき、家斉は怯《おび》えた顔をして、

「なんだ、あれは？」

同衾《どうきん》していた女に訊《き》いた。

家斉の添い寝役だけは、起きずに布団のなかで祈るだけでいいことになっている。

「ご安心なさいませ。あれは、上さまの敵を呪い殺すため、大奥の女たちが一心不乱に祈っているのでございますよ」

家斉は十九になっている。

ただし女を好む気性は見えても、まだまだ後年オットセイ将軍と言われるほどには、女に耽溺《たんでき》はしてない。

むしろ、女への甘えが強く、このときも女の胸に顔を寄せ、

「そうなのか。だが、なんだか恐ろしいのう」

と、つぶやいたのだった。

そして、今宵の儀式も終わったとき、京都から密使が到着しました」

「八重垣さまと、大崎さまに、京都から密使が到着しました」

という報《しら》せが来た。

こんな真夜中にである。

「お、来たか。して、なんと?」

「お二人に直接、申し上げると」

「わかった」

と、八重垣と大崎は、大奥と中奥のあいだにある伊賀者《いがもの》の控えの間に入った。

旅支度の男が、膝《ひざ》を折っている。

「ご苦労であったな。して、あの方は?」

「は。お怨《うら》みの方々は、力で始末しなければならぬと。そのため、御仏《みほとけ》からの刺客を
四人、そちらに向かわせる、とのことでした」

「そうか。疲れたであろう。ゆっくり休め」

「ははっ」

旅仕度の男は下がって行った。

それから八重垣と大崎は見つめ合い、

「ついに祈りは通じたようですね」

「はい。藁人形がとどめを刺してくれるでしょう」

と言って、にんまりと、冷たい三日月のような笑みを浮かべたのだった。

二

「おかしな話を聞き込みました」

と、木挽町の銛蔵が、汐留の竜野藩邸にやって来た。

「お、どうした?」

鶴田が訊いた。

亀山とともに、いまから寺社の見回りに出ようとしていたときである。

「浅草《あさくさ》の並木町《なみきちょう》に〈田中屋《たなかや》〉という大きな仏具屋があるのですが、そこに『商売敵の〈鞍馬屋《くらまや》〉をつぶしてやろうか?』という呪術師《じゅじゅつし》が現われたんだそうです。鞍馬屋もやはり大きな仏具屋で、田中屋の真ん前にあります」

と、銛蔵は言った。

「ほう。そんなことができるのか?」

鶴田は訊いた。

「田中屋のあるじもそう訊きました。なにせ、本当に鞍馬屋がつぶれようものなら、田中屋の売り上げは倍増間違いなしですから」

「なるほど」

「すると、呪術師は、わしが祈れば十日以内に、鞍馬屋へ押し込みが入り、蔵の金がぜんぶ盗まれるだろうと言ったそうです」

「そいつがやるんじゃないだろうな?」

と、亀山がわきから訊いた。

「はい。あるじもそう訊きました。すると、わたしはやらんと。そして『嘘《うそ》は言わぬ』と自信満々で言うので、『礼金は?』と訊くと、『百両だ』と」

「百両!」

鶴田と亀山は驚いた。呪術師が請求するには途方もない額である。

「だが、田中屋としては、鞍馬屋がつぶれるなら、百両くらいなんともないわけです。

それで、もしもこの田中屋に籠《こ》もって祈り、ほんとに押し込みが鞍馬屋の蔵の金をぜんぶ持って行ったら、百両出そうと」

「まさか？」

「はい。じっさい、三日前に鞍馬屋に押し込みが入り、呪術師は百両をもらって消えたそうです。当然、町方が下手人の行方《ゆくえ》を追ってますが、まだ捕まっていないようです」

「銛蔵、そなたは誰に訊いた？」

「田中屋の手代から聞きました。もちろん、旦那《だんな》に知られるとまずいので、自分がしゃべったことはないしょだと」

「奇妙な話だな」

と、鶴田は言った。

「奇妙でございましょう？　町方より、呪術師がからみますので寺社方の扱いかと思って来たのですが」

銛蔵たち岡《おか》っ引《ぴ》きは、聞き込んだ話によっては、町方に持って行く場合もある。目《め》付《つけ》の範疇《はんちゅう》であるときも、町方に持って行くことが多い。勘定方《かんじょうかた》へ行くというのは、まずない。

「うん。それは寺社方の案件だ」

鶴田は断言した。

「やっぱり、呪術師は押し込みの仲間だったのでしょうか?」

と、銛蔵は言った。

「それはないだろう」

「では、呪術が効いた?」

「それもないな」

三人で首をかしげ、結局、わからないまま脇坂に報告した。

すると脇坂は、

「やったではないか」

と、喜んだ。

「御前。やったとおっしゃいますと?」

「それは、祈願文の持ち主に相違ないぞ」

「あ、そうか」

鶴田が手を打ち、亀山がうなずいた。

脇坂はさらに言った。

「そやつ、押し込みの邪魔はせず、その商売敵のほうからまんまと金をせしめたのだ。やるものよのお」

三

銛蔵は手代から、呪術師の人相も聞き込んでいる。

「呪術師のくせに、商人のようににこやかで、話をすると誰でも信用してしまうような男だったそうです」

と、手代の言葉を伝えた。

そういう特徴に思い当たる盗人《ぬすっと》はいるか？

牢《ろう》のなかにいる又蔵に訊いてみることにした。

「どうだ、又公？」

脇坂は、又蔵のことを又公と呼ぶようになっている。

「にこやかな悪党ですか？」

「覚えはないか？」

「あ」

又蔵の目が見開かれた。

「いるのか？」

「あ、あ、あ」

なにか立てつづけに思い出しでもしたのか。表情がぱちぱちと音を立てて弾《はじ》けるようだった。

「思い出しました。というより、いま、初めて、いくつかのことがつながりました」

「どういうことだ？」

「雪舟ですよ」

と、又蔵は自慢げに言った。

「なに？」

「このあいだ、思い出しそうになった件です。あっしが、雪舟の絵のありかについて訊かれたという件」

「それが、そのにこやかな男だというのか？」

と、脇坂は訊いた。

「そうなんです。そいつとは、盗人仲間の火油の八右衛門といっしょに酒を飲んでいたとき、最初はあっしではなく八右衛門に声をかけてきたんです。おめえは雪舟の絵のありかを知らねえかって。八右衛門は丁寧な口調になって、知りませんと答えました」

「丁寧な口調？」

「ええ。八右衛門は綽名《あだな》のとおりに、押し込みをやったあと、家に火までつけたりする凶暴なやつですから、その八右衛門が丁寧に話すなんて不思議だと思いました。それで、その男はすぐにあっしにも、おめえも知らないか？　と訊きまして、あっしは、雪舟がなんなのかも知りませんでしたから、ただ、首を横に振っただけでした。それで、そのときはほかの大事な話をしていたので、あいつ誰だい？　とも訊かなかったのです」

「なるほど」

「微笑《ほほえ》み鬼蔵《おにぞう》という名は、別のときに聞いたのです。板橋《いたばし》の宿で、宿に泊まっていた侍が殺され、国許《くにもと》から江戸に届けられる途中だった三百両が盗まれたことがあったのです。そのとき、盗人仲間が、たぶん微笑み鬼蔵のしわざだと。あっしは、そのときは微笑み鬼蔵ってのは何者だと訊いたんです」

「どんなやつだ？」

「いつも微笑みながら話しかけ、すっかり相手を信用させてしまうんだとか。しかも、何人かの子分が陰に回って協力するので、けっしてしくじらないんだそうです」

「ほう」

「その子分も四、五人はいるというから、盗人にしたら大物ですよ。それで、あの八右衛門といたときに声をかけてきた男と、微笑み鬼蔵という名前が、いま結びつきました。たぶん、間違いないです」

「そうだろうな」

と、脇坂はうなずいた。

「それで、五右衛門の祠にも来てました。そのときは、なにも深く考えていなかったので、あれがそうかとも思いませんでした。ただ、いま、思い返すと、周囲に子分らしき連中もいたと思います」

「よく思い出してくれた、又公」

脇坂に褒《ほ》められて、又蔵は、

「いやあ、閻魔《えんま》の殿さまのためなら」

と、嬉《うれ》しそうに言った。

となれば、微笑み鬼蔵を探し出さねばならない。

四

「又公。そいつとは、どこで会った？」

と、脇坂は訊いた。

「へえ。赤坂の飲み屋です。名前はわかりませんが、溜池《ためいけ》の近くで、ももんじを食わせながら、酒も飲むというところです」

「ももんじか」

獣の肉である。

それを食いながら酒を飲むというのは、相当に荒っぽい連中が出入りする店だろう。

「たしかに、あの池の端あたりには、怪しげな一画がありました」

と、亀山が言った。

いつもじめじめ湿っていて、怪しげな町にしかなりようがないという土地柄なのだ。

「そういえば、常連みたいでした」

と、又蔵は言った。

「ほう」

重大な手がかりだろう。

「あっしを連れて行って、見張らせてもらえたら」

「よし。亀山、鶴田、又公を連れて行け」

と、脇坂は即断した。

又蔵は久しぶりに外に出られるので大喜びである。

もっとも、入ったときは、二度と出られるときがあるとは思わなかっただろう。

「よし、行くぞ」

亀山と鶴田、銛蔵もいっしょである。

だが、出ようというとき、

「旦那方、それじゃあ駄目だ」

と、又蔵は首を横に振った。

「なにが？」

「そんなきれいな恰好《かっこう》じゃ、あの店で目立ってしまいますよ。岡っ引きの旦那も、いかにも岡っ引きふうだし」

「わしらは浪人ふうだろうが」

と、亀山は言った。着流しに草履《ぞうり》である。

「いやいや、あの店にはふつうの浪人は来ないんです。辻斬《つじぎ》りでどうにか食ってると
いうようなやつらばっかりですよ」

「そうか」

三人は、又蔵の忠告に合わせて着替え直した。

着物は、屋敷の下男のものを借りた。つんつるてんだが、それがいいのだと又蔵は
言った。

店はやはり、溜池沿いにあった。

表通りから外れ、路地とも言えないような家の隙間《すきま》を入って奥に行くと、葭《あし》の原の
なかが一画だけ拓《ひら》かれ、そこに粗末な掘っ立て小屋があった。

赤提灯《あかちょうちん》もなにもない。

だが、混んでいる。

三十人くらいの客が、縁台や樽《たる》に座っている。二、三人、女もいるのが不思議なく
らい、荒々しい雰囲気が漂う店である。

「ほう。凄《すご》いな」

亀山が言った。たしかに、身ぎれいな恰好は目立ってしまう。

「あっしも飲んでいいんですよね?」

又蔵は媚《こ》びた口調で訊いた。

「そうだな」

と、亀山はうなずいた。

酒も飲まないと不自然だろう。

「酔うなよ」

鶴田が念押しした。

「酔いませんよ」

品書きはない。

出すのは、「酒」と「煮込み」と「焼き」だけ。

銛蔵が、酒を四つと、煮込みと焼きを二つずつ頼んだ。

「ああ、久しぶりだ」

又蔵は茶碗《ちゃわん》を拝むようにして持ち、うまそうに飲み始めた。

濁り酒で、どぶろくなのは間違いない。

「うまいな」

亀山は思わず言った。

「ほんとだ」

鶴田もうなずき、

「しかも、これは強いですよ」

銛蔵は感心した。

よほどの名人がつくったのだろう。

ももんじもうまい。煮込みは、いろんな肉が柔らかくなっていて、口のなかで溶けるようである。たぶん、ネギや生姜《しょうが》がたっぷりぶち込んであるせいだろうが、獣臭い感じもほとんどしない。

ただ、やはり、ただものではないものを食っている感じがする。もともと力のある人間が食えば、精もつくだろうが、病弱な人間には強すぎるかもしれない。

客は皆、大声で話している。

耳を傾けていると、さまざまな町の噂《うわさ》が入ってくる。

「凄いやつを見たぜ。釣鐘《つりがね》をかついで歩いている坊主がいたんだ」

隣の男たちがそんな話を始めた。

「釣鐘？　なんだ、そりゃ？」

「なんだ、そりゃじゃねえ。あのごーんとなる釣鐘を担いで歩いてたんだ」

「引きずってたんだろう？」

「そうじゃねえ。頭のところに綱をかけ、こうやって肩に担いでさ」

「一人でか？」

「一人でだよ」

「あんなもの、担げるもんじゃねえだろう。火の見櫓にある半鐘みたいなやつだろう」

「違うんだって。自分の背丈ほどもある釣鐘」

「……」

信じていない。

その隣の男が、

「そりゃ張りぼてだって。歌舞伎《かぶき》の大道具にでもするのさ。そいつは、弁慶《べんけい》の役をやるんで、話題づくりだよ」

と、言った。

「あ、そうか」

と、納得したが、別のやつが加わって、

「そうじゃねえ。あれはほんとの釣鐘だったんだ。おれも見たよ。なんでも京都から担いできたらしいぜ」

「そんな馬鹿な」

江戸の町にはたえず、おかしな人間が現われ、こうして町の飲み屋だの、湯屋だの、床屋などで、話題になっているのだ。

脇坂がいたら、さぞかし面白がるだろうが、しかしここは、大名が来るようなところではない。

「来ないな」

と、亀山が言ったのは、暮れの四つ（午後十時）くらいである。

朝早い連中も多いのだろう、店はそろそろ終わりの雰囲気である。

「まあ、いくら常連でも毎日来るわけじゃないだろうし」

と、鶴田も言った。

「明日、また出直そう」

それぞれ、酒は三杯から四杯ほどは飲んでいる。

だが、皆、酒は強いらしく、誰も足元がふらついたりはしなかった。

五

翌日も、亀山、鶴田、銛蔵、そして又蔵の四人は、暮れ六つ（午後六時）過ぎにやって来て、飲み始めた。

亀山などは、内心、朝から楽しみにしていたくらいだった。

だが、今日も酒が進みそうなので、

「五杯以上は飲まないと決めておくぞ」

と、最初に亀山は念押ししたのだった。

今日も客で混雑している。

飲み出して半刻ほどしたころ、又蔵がなにやら感慨深い目で客を眺めているのに気づき、

「どうした、又蔵？」

と、鶴田が訊いた。

「いえね。いま、ここに来てるやつらは、三年後はたぶん、半数くらいは刑場の露となっているんだろうなと思いましてね」

「ふうむ」

鶴田も、それは否定できない気がする。確かにそういうやつが多そうなのだ。

「あっしも、もうちっと早く、気がつけばよかったんですが。やっぱり根が馬鹿だったんでしょうねえ」

又蔵は、自分を責めるように言った。

「おめえは、なんだって盗人の道に入ったんだ？」

と、鶴田が訊いた。

「なあに、悪い友だちがいたんですよ。そいつといっしょに遊び歩くうち、長屋荒しを始めまして」

「おなじみの道だな」

「ええ。でも、相棒のほうは、まだ一度も捕縛されたことはないんです」

「いまもか？」

「いまは盗みから足を洗い、大川で船頭をやってます。もっとも、いつまた、ろくでもないことをしでかしても、おれは意外には思いませんね」

そうやって、微妙な綱渡りの人生を送る者も大勢いるのだろう。

「ま、又蔵も最後には改心できたんだから、ありがたいかもしれぬぞ」

亀山がそう言うと、

「おっしゃる通りです」

神妙に頭を下げた。

この晩もなかなか来ない。

「そろそろ引き上げますか？」

銛蔵が亀山の疲れを慮《おもんぱか》って訊いた。

「いや、もう少し粘ろう」

亀山がそう言ったときである。

「来ました。あいつです」

又蔵は顔を隠しながら、小さな声で言った。

二人連れである。片方は、まだ若く、鬼蔵の子分らしい。

「よし。わかった。お前は見られないようにしていろ」

「へい」

又蔵は、鬼蔵から顔をそむけるようにして、牢に戻される前にと、必死で飲み食いに精を出し始める。ほかの三人の飲み残しや食い残しにも手を出す始末である。

鬼蔵は、なるほどにこやかな笑みを浮かべている。

だが、目つきは酷薄そうである。

「ここでとっ捕まえるんですか？」

銛蔵が亀山に訊いた。

「いや。銛蔵、又蔵を牢にもどしておいてくれ。あとはわしらがやる」

「わかりました」

銛蔵は名残り惜しそうな又蔵を連れて、店を出て行った。

鬼蔵たちは、そう長くはいなかった。酒よりもむしろ空《す》きっ腹を満たすので来たらしい。酒一杯に、煮込みと焼きを食べ、帰って行くようだ。

「じゃあ、わたしが先だ」

と、鶴田が先に出た。

勘定を済ませた亀山が、鶴田を追う。

途中、鬼蔵は子分と別れた。

あの子分も祈願文を書いていたかもしれない。

もちろん、子分のほうは無視して、鬼蔵だけを追う。

二人は、互いに遠回りしながら、鬼蔵を追う。

坂道を二つほど登って、小さな町人地に出た。

寺社の門前町らしいところの、洒落《しゃれ》た二階建ての一軒家に入った。

ここで亀山と鶴田もいっしょになり、

「ここは氷川神社の門前町だな」

「いいところに住んでいやがる」

「たぶん、女もいるな」

と、亀山が言ったとき、明かりがつき、窓の障子に女の影も見えた。

「御前は急ぐなとおっしゃったな」

「ああ、ここまでにしよう」

二人は満足して、帰ることにした。

六

翌日は、大勢が動いた。

寺社方がおよそ二十人。脇坂まで出向いた。

怪しまれないよう、めいめいが変装をほどこし、鬼蔵の家を見張った。

若い女と二人で暮らしているらしい。

昼間は家にいたが、夜、女と出かけた。二人とも三味線《しゃみせん》を持っている。どうも、師匠のところで端唄《はうた》でも習っているらしい。

「忍び込んで、祈願文を探すのだ」

と、脇坂が命じた。

「御前。とっ捕まえて、無理やり白状させたほうが早いのでは？」

鶴田が訊いた。

「最悪そうするが、あいつは使えるかもしれぬ」

脇坂はいろいろ腹案があるらしい。

もどったときは、すぐに報せられるよう、何人もが鬼蔵の入った師匠の家も見張った。

近所の者にも見咎《みとが》められないよう、亀山、鶴田、銛蔵の三人が素早くなかに入った。

すぐに二階に上がる。

見つけたのは銛蔵だった。

神棚の上に、木箱があり、そこに入っていた。

それを持ってすぐに、近くの寺で待機していた脇坂に届けたが、

「これは持ち帰らぬぞ」

と、言った。

「御前、どうなさるので？」

「これはそのままにして、中身を写すのだ」

「置いておくのですか？」

「そうさ。それで鬼蔵の動向を探れば、また、いろんなことが見えてくるだろうが」

「なるほど」
四、五人で急いで書き写すことになった。手分けすれば、たちまちである。
脇坂は書き写すのをわきから見ながら、

「おい、鶴田。これで、鞍馬屋の押し込みの下手人もわかったな」

と、にんまりした。

「そんな祈願文がありましたか？」

「あった」

脇坂はうなずき、鶴田が写した祈願文から一枚を取り出して見せた。

それはこういう祈願文だった。

天狗《てんぐ》を討ち果たせますように　火油八右衛門

「鞍馬山《くらまやま》の天狗と、鞍馬屋をかけたのさ。用心深く、そういう符丁《ふちょう》で仲間とも相談していたのだろう」

と、脇坂は言った。

「なるほど」

「さすが、御前」

これで、鞍馬屋に押し込んだのは、火油の八右衛門ということもわかった。写すのも終わりくらいになって、

「又公も嘘は言ってないようだな」

と、脇坂が言った。

「そりゃあ、殿のことをあの方は本当に閻魔さまかもしれないと言ってますから」

鶴田が筆を走らせながら言った。

「そうか」

「御前、これは町方のほうには教えないのですか？」

「いや、教えないわけにはいかないだろう。ただ、この祈願文についてはおれが主導で利用するようにして、町方が動くときはおれの許可を得るようにしてもらうさ。そ

うしないと、逃がしてしまうのも出て来るからな」

「なるほど」

ふと、亀山の手が止まった。

「お奉行。これを」

「どうした?」

脇坂が見ると、

「寺社奉行脇坂閻魔の暗殺に成功しますように　紅《くれない》おせん」

と、書いてあった。

七

そのかどわかし騒ぎが起きたのは、祈願文の束が見つかって五日ほどしてからである。

これは後になってわかった一部始終だが――。

尾張町《おわりちょう》の両替商〈上州屋《じょうしゅうや》〉に、幼い娘のおまつをかどわかすという予告の文が投げ込まれた。もちろん、

「町方に報せたら殺す」

という、おなじみの文句も添えられていた。

あるじは、町方には報せず、信頼している菩提寺《ぼだいじ》の愛宕下《あたごした》にある〈仁天寺《にんてんじ》〉の一漢《いっかん》上人に相談した。上人は、あるじが真っ青になっているとき、ちょうど立ち寄り、

「どうしたのじゃ？」

と、訊いたのだった。

あるじが打ち明けるのを聞くと、

「変な話じゃのう。ふつうは、かどわかしたあとで、身代金を要求するよな」

と、一漢上人は言った。

「はい」

あるじは、四十になってやっとできた一人娘のことなので、すっかり動揺している。

「それが、何もしないうちに、こんな連絡をするかね？」

「たしかに変ですね」

「娘はどうしている？」

「とりあえず外には出したくないので、家の外には出ないようにさせていますが、ただ、あの子は外で遊ぶのが大好きでして、友だちも大勢います。ずっと閉じ込めてお

くのは、可哀《かわい》そうで」

「それはそうじゃ。用心棒みたいな者はおらんのか？」

「腕っぷしの強い手代をつけておくことはできます。それと、子守りっ娘と二人で見ていれば、まず大丈夫だと思うのです。外に出るのは昼間だけだし、しょせんこの近所にしか行きませんから」

「腕っぷしとな？」

「ええ。六尺（一八〇センチ）もあって、道場にも通って、一刀流の免許皆伝も得ています」

「ほう。それは心強い」

「安吉《やすきち》を呼んでおくれ」

すぐに安吉が来た。

なるほど、巨体の上、機敏そうである。しかも、将来の番頭候補になるくらい、気も利いている。

「うむ。この者なら頼りになる。いちおう念のため、目立つ背守りをつけておくといいだろう」

と、一漢上人は仁天寺の背守りをさずけた。

市松模様の入ったちゃんちゃんこである。

だが、おまつはなんとその日のうちにさらわれてしまった。

しかも、安吉も子守り娘も見ていたのに、三原橋《みはらばし》の上で忽然《こつぜん》と消えてしまったのだという。

旦那はもう半狂乱になって、つねづね頼りにしていた岡っ引きの銛蔵に相談してきたのだった。

話を聞いてすぐ、

「旦那。どうしてもっと早く相談してくれなかったので？」

と、銛蔵はなじった。

「だって、親分……」

「まだ、さらわれてなかったんでしょうよ。いくらでも手を打てたのに」

「いま、思えばそうなんだが」

いちおう仁天寺の上人がからむので、寺社方が動く大義名分があるだろうと、銛蔵は竜野藩邸にやって来たのである。

八

亀山や鶴田といっしょに話を聞いていた脇坂だったが、

「なるほど。それは、仁天寺の一漢ってのが一枚嚙《か》んでるな」

と、すぐに言った。

「やっぱり、そう思いますか」

銛蔵も疑っていたらしい。

「それにしても、真っ昼間、あんなに人けの多いところで、子どもが忽然と消えますかね。よっぽど、手代ってのが抜け作だったか」

と、亀山が言った。

尾張町から三原橋のあたりと言ったら、つねに大勢の人が行き交うところである。

「あるいは、上人ではなく、安吉という手代のほうがからんでるか」

鶴田が言った。

「ええ。上州屋のあるじはそっちを疑っているみたいです」

「どうせ、すぐ身代金を要求してくるだろう」

と、亀山は言った。

「はい。あっしは上州屋にもぐり込みますが、そちらはどう動かれます?」

「仁天寺の一漢と、手代を、すこし離れて見張りたいと思いますが?」

亀山が脇坂に伺いを立てた。

「そうだな。それがいい」

と、脇坂は言った。

案の定——。

その日のうちに、町飛脚が身代金を要求する文を持って来た。

銛蔵のほかに、一漢上人も来ている。一漢は、傍目《はため》にはひどく心配そうにしている。

文には、

「いまから仁天寺の賽銭箱《さいせんばこ》に五百両を入れろ」

とあった。

「仁天寺にとありますが、なんでまた?」

と、銛蔵は一漢上人を見た。

「わしだって知らぬよ」

一漢は首を横に振った。

だが、上州屋の菩提寺であることを知っている者のしわざではあるだろう。

「だいたい、賽銭箱になんか入れたら、お上人しか出しようがないでしょう?」

「そうだよ。いったいどうするつもりなのか」

と、一漢も首をかしげた。

「身代金はどうします?」

銛蔵は訊いた。

「もちろん出しますよ」

と、上州屋のあるじは言った。

「旦那が持って行きますかい?」

銛蔵は訊いた。

銛蔵は自分が持って行きたいところだが、ここらじゃ顔を知られている。町方が動いているということで、下手人を怒らせるかもしれない。

「わたしが行きます」

あるじがそう言うと、

「旦那さまは危険です。あたしにやらせてください」

と、責任を感じていたらしい手代の安吉が言った。

「それは安吉のほうがいい。旦那だと、殴られて持ち去られたりするかもしれぬし」

一漢上人も賛成し、安吉が行くことになった。

「では、あっしは賽銭箱の近くにいたいが、いいところはあるかい？」

銛蔵が訊くと、

「あ、裏から回れる。うむ、わしも行こう」

と、先に一漢と銛蔵は仁天寺に向かい、本堂のほうから賽銭箱の裏に近づいて、そこにひそんだ。

すでに日が暮れようとしている。

安吉は、芝口橋《しばぐちばし》から大名屋敷が並ぶ薬師《やくし》小路《こうじ》を通って、愛宕下の仁天寺へとやって来た。その安吉のあとを鶴田がつけている。

仁天寺は、愛宕山へ上る階段の右手にある。

だが、そこまで来たとき、安吉は階段の下の草むらに人影を見つけ、

「そこに怪しいのが！」

と、叫んでしまった。

人影は、しまったとばかり逃げ出した。

「馬鹿野郎。最後までやれ」

銛蔵たちは舌打ちして逃げる男たちを追いかけようとしたが、

――ん？

階段の下に横になった子どもがいる。

ドキリとしつつ、近づいて抱き上げると、幼い娘である。死んではいない。ぐっすり眠っているようすである。

「これはおまつか？」

呆然《ぼうぜん》としている安吉に訊くと、

「あ、そうです」

というではないか。

下手人を追うのはやめ、まずはおまつを上州屋に連れて行った。

「おまつ！」

あるじ夫婦が泣きながら飛びついた。

おまつはわけもわからず寝惚《ねぼ》け眼《まなこ》をこすっている。

「よかった、よかった」

皆、ホッとして、もらい泣きである。

銛蔵までも、目に涙を浮かべ、

「よかったな」

と、胸を撫《な》で下ろした。

九

「変な話だよなあ」

と、脇坂はひとりごちた。

藩邸の寝間である。

すでに布団は敷かれ、ゐい姫がいつものように髪を梳《と》かすのを、脇坂はぼんやり見入っている。

「なにが変なのです？」

ゐい姫は訊いた。

「うん、まあ」

脇坂は返事を濁した。なにせ、説明したら長くなってしまう。

上州屋では、とりあえず娘はもどったし、五百両も取られなかったので、まあ、いいだろうと納得しているという。

そんな馬鹿な話はないと、脇坂は思うのである。

なにか、大事なことが隠れているのだ。

「ゑいは、背守りって知ってるか？」

と、脇坂は訊いた。

「もちろんですよ。殿さまはご存じなかったのですか？」

「うむ。知らなかった」

「無事を祈るため、背中におまじないのように刺繡《ししゅう》をしたり、結び目をつけたりするのです。ゑいもずっとさせられていましたよ」

「そうなのか。おれは、そんなもの、してもらったことがない。つまり、無事を祈ってもらえなかったということか？」

「まあ、殿さま、ひがんでる？」

「ひがんではおらぬが」

脇坂はちょっとおろおろした。

心のどこかに、自分は人に好かれないのだという恐れがある。

そんな脇坂をちらりと見て、

「きっと殿さまは、祈願するまでもなく、お元気で、無事に育つことが当たり前みたいだったのですよ」

ゑい姫はそんなふうに慰めた。

「ああ、そうかもしれぬ」

なにせ身体《からだ》は丈夫で、子どものころから風邪《かぜ》ひとつひいたことがない。

「で、背守りがどうかしたのですか？」

「あ、そうだ。目立つように背守りをしていた子どもが、ふうっと消えたらしいのだ」

「消えた？」

「あとで出てきたけどな。そのときは、人目がたくさんあるところで消えたそうだ」

「ふうん」

と、ゑい姫はどこか遠くを見るような目をしてから、

「でも、わらわも、似たようなことがありましたよ」

と、言った。

「似たようなこと？」

「背守りではなかったですが、つつじのお花柄の着物を着ていましてね。ちょうどつ

つじが咲き誇っているお庭に入ってしまい、女中たちが姫さんがいなくなったと大騒ぎになったのです」

ゑい姫がそう言った途端、

「それだ」

と、脇坂は言った。

「それって？」

「上州屋の娘が消えたわけさ」

娘は、市松模様の背守りがついたちゃんちゃんこを着ていたらしい。市松模様のなにかにまぎれた隙《すき》に、連れて行かれたのだ。

「そうなので？」

ゑい姫はようやく髪を梳かし終え、脇坂に艶《つや》っぽい笑みを送った。

「ゑい。おれはいまから、出て来る」

脇坂は布団から出た。

「まあ、いまからですか？」

「もどったら、そなたを褒めながら可愛《かわい》がるぞ」

「あらあら。でも、たぶん寝てしまうと思いますよ」

「ううむ」

脇坂は切なそうな顔をしたが、

「やはり行く」

と、寝間から出た。

ゑいのことは、今日の分を明日も可愛がってやれる。

しかし、悪事の成敗に待ったをかけることはできないのだ。

「鶴田はおるか。出かけるぞ！」

鶴田たちを引き連れ、すぐに尾張町の上州屋へ向かった。

もっとも、汐留から尾張町まではすぐである。

脇坂に来られた上州屋のほうも驚いた。おまつが無事にもどり、奥の茶室で祝いの小さな宴を催していた真っ最中である。

しかも、町奉行ではなく、寺社奉行ではないか。

「娘がさらわれたときのことを訊きたいのだ。手代の安吉とやらはいるか？」

と、脇坂は訊いた。

「あいにくと安吉には暇を出しまして」

「暇を？」

「いっしょにいながら、おまつをさらわれたり、金を届けるときは騒いで下手人を逃がしたり、ふだんは剣術を自慢していたわりには、ちっとも役に立ちませんので」

「なるほど。では、子守りっ娘のほうを呼んでくれ」

「わかりました。おい、おたまを呼んで来ておくれ」

と、子守りっ娘を呼びに行かせたときである。

――ん？

茶室の掛け軸に目をやると、そこに飾られていたのは雪舟の山水画ではないか。

またしても、雪舟が狙われていたのだ。

――だが、なぜ、娘とこの絵を交換しろと言わなかったのか？

脇坂は内心で、しきりに不思議がっていた。

十

汐留《しおどめ》の藩邸にもどった脇坂は、すぐにあの祈願文の写しを見始めた。

四半刻《しはんとき》（三〇分）ほど、見つづけてから、

「やはり、これか」

と、鶴田に示したのは、次の一枚だった。

　うまくもぐり込めますように　しめごろう

「これが上州屋のかどわかしと、どういう関《かか》わりがあるのでしょう？」

と、鶴田は訊いた。

「うむ。又公に訊こう」

脇坂はそう言って、屋敷内の牢屋の前に行った。

「又公」

と、声をかける。

又蔵は、このところの活躍で、牢のなかではあるが、布団に寝かせてもらっていた。

「これはお奉行さま。なんでしょう？」

「又公は、このしめごろうという盗人のことは、どれくらい知っていたっけな？」

と、脇坂は訊いた。

「しめごろう？　ああ、志免五郎《しめごろう》のことですね」

「どういうやつだ？」

「まだ使い走りみたいな小悪党です。火油の八右衛門の子分になったと聞きました」

「なるほどな」

これで全体が明らかになった。

「殿、まさか？」

「ああ。このあいだの鞍馬屋の押し込みにつづき、上州屋の件も火油の八右衛門のしわざだったのさ」

「なんと」

「ちょうどいいではないか。上州屋のほうで捕まえられるわ」

「八右衛門はこれから押し込むのですか？」

「そうさ。あのかどわかしは、身代金を取るためではなかったのだ」

「では、なにを？」

「茶室にあった雪舟の掛け軸」

「そうでしたか」

鶴田は狭い茶室のなかには入ることができずにいたので、掛け軸が雪舟とは気づかなかったのだ。

「そして、手代を一人潜り込ませるのに、前の手代が邪魔だった。というより、手代は志免五郎を見知っていたのではないかな」

翌日——。

鶴田たちは、暇を出された前の手代の安吉を連れて来て、上州屋の外から、新しい手代の志免五郎の顔を確かめさせた。

すでに一漢上人の紹介で、新しい手代が入っていたのだ。

「あいつ……」

と、安吉は目を丸くした。

「知ってるやつか？」

「は。幼なじみです。同じ長屋にいた志免五郎ってやつです。頭もよくて、そろばんもよくできたので、浅草の大店《おおだな》の小僧になりました。でも、そこで先輩たちに苛《いじ》められたのがきっかけで、ぐれちまって、盗人の道に入ったんです」

「盗人？」

「といっても、たいした盗みじゃないです。手癖が悪くて、万引きばっかりしてるんです。あたしは友だちだから、説教したこともあります。なぜ、あいつが？」

「大物の子分になって、上州屋に送り込まれることになったのさ。だが、そこにはお前がいた。お前をあそこから追い払うため、かどわかしの狂言をしたのさ」

「では？」

「しばらくしたら、志免五郎がなかから手引きをして、火油の八右衛門という泥棒の親分を引き込むのだ」

「なんてことを」

「八右衛門は、上州屋の蔵の千両箱と、雪舟の絵を持ち去って行くところだった」

八右衛門の動きは早かった。

この日のうちに、志免五郎の手引きで、三人の子分とともに上州屋に押し込んで来た。

だが、あるじと相談し、ひそかになかに入れていた捕《と》り方《かた》たちによって、一網打尽となったのだった。

十一

翌日——。

脇坂は老中松平定信と会っていた。

「雪舟の絵？」

脇坂の問いに、定信は意外そうな顔をした。

「はい。延命院で集めているらしいのです」

仁天寺の一漢も、延宝寺も、延命院と縁のある寺なのだ。

雪舟の絵が最後は延命院に行くのは明らかだろう。

「そういえば、雪舟の絵は、上さまがお好きらしい」

と、定信は言った。

「そうなので？」

「中奥の襖《ふすま》を替えるとき、上さまは雪舟に描かせられないのかとお訊きになられた」

「雪舟にと？」

「亡くなっているというと、だが、残っているだろうと」

「お好きなので？」

「そうらしい。なにか、ぐっと来るものがあったらしいな」

「ははあ」

将軍の好みの絵をたくさん持つ延命院。

当然、家斉は延命院に興味を持つことだろう。

「上さまのお気持ちをつかむため、延命院が雪舟を集めているというのか？」

「この先、いろいろ利用できるはずですから」

「なるほど」

と、定信はうなずいた。

「だが、雪舟の絵はほとんど京都にあるものと思っていました」

「たいがいはな。だが、江戸に出てしまったものも多数あるらしい」

「そうでしたか」

「だが、そうなれば、むろん京都にも手を伸ばしているだろう」

「やつらは盗人を使っておりますぞ」

と、脇坂は言った。

「盗人を？」

「そこまで卑劣なことをするとは思いもしませんでしたが」

「なあに、やつらは常識ということがわからなくなっている。目的のためならなんでもするのさ」

「はい。だが、すでに尻尾《しっぽ》は摑《つか》みました。必ずや大元に迫ってみせます」

脇坂の顔が闘志で見る見る赤らんだ。

まさに閻魔のようである。

「よくやった」

「はは」

定信にほめられて、今度は閻魔から金太郎のようになった。

十二

なんと、又蔵が牢から出て、頭を丸めているではないか。

「殿、これは？」

と、鶴田が訊いた。

「む。又公はこれからも、おれのために尽くすことを誓ったので、ひとまず許すことにしたのさ」

「なんと」

驚く鶴田に対し、又蔵は真面目《まじめ》な顔でこう言った。

「鶴田さま。あっしはいまや、閻魔さまを信じる小坊主ですよ」

一方——。

延命院では、竜光が微笑みの鬼蔵と会っているではないか。

「竜光さま。どうやら火油の八右衛門が捕まったようです」

と、鬼蔵が言った。

「そうか」

竜光はさほどには驚かない。

「火油の八右衛門の計画は見透かされていたかもしれません」

鬼蔵もまた、例の祈願文から、八右衛門の計画を見透かしていた。同じ盗人同士で、ほかからも入る話があるから、脇坂たちより祈願文の裏を読むのは楽なのである。

「ほう」

「おそらく今日にでも、仁天寺の上人も持って行かれるでしょうね」

と、鬼蔵は言った。

「わかった。仁天寺があやつの死に場所になる」

竜光がそう言うと、

「竜光さまも仁天寺で？」

鬼蔵は意外な顔をした。

「ん？」

「あっしのほうでも、竜光さまに相談を受けてから、すぐに殺し屋を動かしました。たぶん仁天寺で決行するはずです」

「そっちが先に成功するというのか？」

「はい。なにせ、いままで狙《ねら》った相手を外したことがないやつで」

「どういうやつだ？」

「紅おせんといいます」

「女か？」

「はい。ですが、いままでに二十三人ほど殺してきました。まあ、恐ろしいおなごですよ」

鬼蔵は不気味に笑った。

「では、仁天寺に見物に行くとするか」

竜光は立ち上がった。

「では、あっしも」

鬼蔵が立ち上がりかけると、

「いや、お前はいい」

と、竜光は言った。

「え？」

「見透かされているのは、八右衛門ではない。お前だ」

「あっしが？」

「さよう。お前が入手した祈願文は、おそらく脇坂の手にもある」

「そんな馬鹿な」

「馬鹿なではない。お前はもう役立たずだ」

そう言った途端、竜光の手が一、二度、すばやく動いた。

額と、心ノ臓に、竜光の拳《こぶし》を受けた鬼蔵は、その場で絶命していた。

十三

脇坂淡路守は、仁天寺にやって来た。

亀山雷蔵、鶴田風二郎、岡っ引きの銛蔵に加え、なんと修行僧の恰好をした又蔵も従っていた。さらに、すこし離れて、今日もさつきが来ていた。

脇坂はどかどかと、一漢のいる居間のほうに乗り込み、

「寺社奉行の脇坂淡路守だ」

と、声を張り上げた。

「え」

ちょうど飯を済ませたところだったらしい一漢は、唖然《あぜん》として脇坂を見た。

「脇坂閻魔と申したほうがよいか」

「なんと」

「きさまも坊主のくせにとんでもないやつだな。盗人を使って、上州屋から雪舟の絵を盗ませようというのだからな」

「なにをおっしゃっているのか」

「しらばくれるな。きさまの手口はすべてわかっている。上州屋の娘に、市松模様の背守りのちゃんちゃんこを着させ、三原橋で角材を積んだ荷車の横を通るようにした。角材の横には色が塗られ、娘の市松模様と同じになっていた。その隙に娘をさらったので、手代たちは消えたと思ったのだ」

「……」

まさか、それまで見破られるとは思っていなかったのだろう。

青くなった一漢は、

「ま、ま、お奉行さま、落ち着いて、茶でも召し上がって。これ、誰か、茶を持って参れ」

と、台所に声をかけた。

「はぁーい」

可愛い声がして、小坊主が茶を持って来た。

すると、脇坂の後ろにいた修行僧姿の又蔵が、

「あれ？　お前、見たことがあるな」

と、声をかけた。

「え？」

小坊主は又蔵を見て、小さく顔をしかめた。

「あ、おめえ、紅おせんだろう」

又蔵がそう言った。

「紅おせんだと」

亀山と鶴田が、思わず脇坂の前に出ようとしたとき、紅おせんは脇坂に飛びかかっていた。

「あっ」

又蔵が悲鳴をあげた。

その又蔵の鼻先を手裏剣がかすめて飛んだ。

「うっ」

手裏剣はおせんの手の甲に突き刺さり、持っていた短刀は落ちて畳に刺さった。

「くそっ」

崩れ落ちたおせんに又蔵が取りついていた。

「おお、危ないところだった」

脇坂もこれには驚いた。

たちまちふん縛られた一漢が、本堂のほうに向かって叫んだ。

「竜光さま。お助けを！」

十四

仁天寺のお堂は広かった。

奥に金色の巨大な阿弥陀如来像《あみだにょらい》が置いてあるが、広間はざっと百五十畳ほどはあるだろう。柱は真ん中に何本かあるだけで、あとは広々としている。

剣術の道場のようだといってもいい。

脇坂たちが本堂に飛び込むと、そこには竜光のほか、三人の坊主がいた。

「ふっふっふ。ここなら存分に戦えるだろう」

と、竜光が言った。

——おびき寄せられたのか。

ふと、脇坂は思った。

なかでも目立ったのは、巨大な釣鐘を持った坊主だった。

「あいつか。このあいだ、噂になっていたのは」

と、後ろで又蔵が言った。

「わしは岩刃《がんじん》と申す」

と、名乗った。

身の丈およそ七尺（二一二センチ）。目方はたぶん四十貫（一五〇キログラム）を下らない。

動く山である。

「脇坂閻魔のお命頂戴《ちょうだい》いたす」

と、岩刃は言った。

「こやつは、あたしが」

と、さつきが言った。

「駄目だ。女には力が強すぎる」

亀山が止めた。

「ああいうのは、なまじ力で立ち向かおうとしても駄目なんです」

「なるほど」

「あたしにおまかせを」

さつきが前に出ると、岩刃は釣鐘を持ち上げた。

同時に、あと二人の坊主が、脇坂に向かって来た。

むろんこれは、亀山と鶴田が相手をする。

坊主たちの腕には、いくつかの鉄の道具がつけられていた。

左手の手首から肘《ひじ》にかけては、鉄で覆われていた。

おそらくあの鉄の輪は、刀の刃さえ、かんたんに弾いてしまうだろう。

右の拳にも鉄の金具がはめられている。あの突きを身に受ければ、骨は砕けることだろう。

さらに、鉄の下駄も履いている。当然、蹴《け》りにも気をつけないといけない。

二人の坊主は、腰を落とし、半身の体勢で構えた。

その構えを見ただけでも、容易ならざる相手とわかる。

「とあっ」

「たぁ」

剣と拳の攻防がつづいた。

「お奉行さま。お下がりになって」

けなげにも又蔵が、脇坂の前にたちはだかった。

むろん、その前には、脇坂家の家来が二十人ほどで盾をつくっている。

だが、竜光の強さは圧倒的だった。

ほかの坊主と同じ武装をした竜光は、剣にまさる突きと蹴りで、一人、また一人と、脇坂の護衛を減らしていった。

岩刃の持ち上げるのは、むろん本物の釣鐘ではない。模造である。

だが、模造とはいえ、銅でできており、相当な重さである。

これをぶつけられたら、さつきなどは間違いなくぺしゃんこになる。

「馬鹿みたい」

さつきはつぶやいた。

同時に、手裏剣を放った。

だが、手裏剣は予想の範囲内らしく、岩刃は釣鐘でこれをはじくと、なんとすっぽり鐘のなかにおさまってしまった。

「え？」

これでは、さつきも攻撃のしようがない。

しかも、釣鐘はさつきに向かって突進して来るではないか。おそらく、小さな穴くらいは開いていて、そこからのぞいているのだろう。

さつきは跳躍した。

大きく飛んで釣鐘の真上に乗った。

「ややっ」

鐘のなかで驚いたような声がした。

それからさつきは、真上で鐘を撞《つ》き出した。苦無《くない》という忍者の道具で、鐘を叩《たた》くのである。

「あら、いい音」

もちろん、鐘撞き堂に下がった鐘の音色というわけにはいかない。

だが、いちおうなかに響く音はしているのだ。

これは外で聞くよりも、なかで聞くほうがさぞかしやかましいことだろう。

「やめてくれ」

という泣き声がした。

だが、さつきはやめない。

ごん、ごん、ごん、ごん。

激しく叩きつづける。

やがて、釣鐘は動きを止めていた。

なかからは、闘志も敵意も感じない。

いったい、どうなったのか。さつきは自分でもなかを見るのがすこし恐ろしかった。

剣と拳法の戦いは、頂点と言える段階に達している者同士であれば、やはり剣がまさるのである。

拳や突きは、わずかにかすったくらいでは、相手に損傷を与えることはできない。

が、剣は相手の肌に傷をつけるのである。

傷はそこから血を流す。

傷が増えるたび、そこから血が流れ去る。

二人の坊主が、ふいに力をなくしたのは、ほぼ同時だった。

がくり。

と、身体が揺れたときは、坊主の着物は真っ赤に染まっていた。

亀山と鶴田の剣が大きく閃《ひらめ》いたのも、同時だった。

面白かったのは、竜光と対峙《たいじ》していた脇坂だった。

竜光の拳で家来たちが這《は》いつくばっていくたび、脇坂は又蔵に袖《そで》を引かれるように移動して行き、ついに本堂の正面にある巨大な阿弥陀如来像に寄りかかるようになった。

「お殿さま。ここに、ここに逃げて」

又蔵は脇坂を阿弥陀如来像に攀《よ》じ登らせ、ついには手のひらの上に載せてしまったのである。

「そこならやつも届きません」

又蔵がそう言ったとき、護衛の家来たちはほとんどいなくなっていた。

「まずいかな」

又蔵が心配したとき、ちょうど亀山と鶴田とさつきの戦いも止《や》んだところだった。

さすがの竜光も、この三人相手では敵《かな》うわけがない。

もはやこれまでと膝をついたとき、頭上から声がした。

「馬鹿者が。だから言ったであろう。神も仏もおれが裁くと」

竜光が見上げると、そこには阿弥陀如来の手のひらの上で、真っ赤になって息巻いている閻魔のような脇坂淡路守安董がいたのだった。

終章　吠えろ閻魔

汐留の竜野藩邸にある牢屋《ろうや》は、いま、大賑《おおにぎ》わいだった。

火油の八右衛門一味のほか、一漢、竜光の二人の坊主に、紅おせんも入牢中《じゅろう》なのだ。

なかでも、おせんはこのあいだまで又蔵がいた牢のなかで、厳重な警戒下にあった。

なぜなら、一漢と竜光は完全な沈黙のなかに閉《と》じ籠《こ》もったのに反し、おせんは今度のいきさつについてぺらぺらと口述を始めていたからである。

「あたしが直接頼まれたのは、微笑み鬼蔵という盗人《ぬすっと》ですが、なんでもその向こうには竜光という延命院の坊主がいて、しかもそのまた向こうには八重垣さまとかいう偉いお人がいるんだそうですよ」

と、おせんは言った。

「なに、八重垣……」

脇坂もその名が出て来たのには驚いた。

だが、こんな殺し屋にまで大奥の年寄の名が知られているのは奇妙ではないか。

「その名は誰《だれ》から聞いたのだ？」

脇坂はさらに訊《き》いた。

「あたしがこの耳で聞きましたよ。小坊主になって、仁天寺にひそんでいましたから。竜光やほかの京都から来た坊主はあたしのことを知りませんから、近くにいるのを警戒もせず、しゃべくっていたんですよ」

「なるほど」

「鬼蔵を捕まえたら、もっと詳しい話が聞けるんじゃないですか」

おせんは足を伸ばし、だらしない恰好《かっこう》のままで言った。

「鬼蔵は死んだ」

と、脇坂は言った。

「そうなので？」

「殺したのはたぶん竜光」

「へえ。あいつ、坊主のくせに悪いなあ」

おせんは自分のことを棚に上げて、呆《あき》れたような顔をした。

「いい話を聞いた。わしらはその八重垣をふん縛るが、裁きのときはそなたにもいまの話をもう一度語ってもらうぞ」

「それでいくらかでも罪が軽くなるんでしたら」

おせんはそう言って、にやりと笑った。

どうやら又蔵に倣おうというつもりらしい。だが、おせんはいままで二十件を超える人殺しをしてきている。それで助かろうというのは図々しさの極みだろう。

「それは、そのときの態度次第で考えよう」

脇坂はそう言って、いちおう竜光のいる牢を見に行った。

おせんの証言でも、相当な証拠にはなるが、さらに竜光の証言があれば、八重垣だけでなく大奥の力を大きく削《そ》ぐことができるかもしれないのだ。

「竜光……」

脇坂は、牢のなかの竜光に声をかけた。

だが、竜光は一言も答えない。ずっと無言の行をつづけるばかりである。

食事はもちろんだが、水一滴すら飲んでいない。ここに入ってからまだ二日ほどだが、恐ろしく痩《や》せ細っていた。

やはり、竜光の証言は期待できそうもない。

「なにも語らずあの世に行くつもりかい？　それもけっこうだが無駄だぜ」

「……」

「おせんという女の殺し屋が、お前たちの話を聞いていた。そのなかで、大奥の八重垣の依頼について語っていたそうじゃな」

「……」

竜光が目を開け、脇坂を見た。

異様な目の光だった。

「次は一漢あたりもいい話を聞かせてくれるかもな」

脇坂はそう言い捨てて、牢を離れた。

それから脇坂はちょっとした用で本殿のほうへもどった。

そのわずかなあいだのことである。

「殿。大変なことが」

鶴田が駆けつけて来た。

「どうした？」

「三人が死んでいます。竜光、一漢、おせんの三人が」

「なんだと？　牢のなかでか」

「はい」

「そなたも牢の近くにいたのだろう」

「おりました。竜光が突如、気合のような声を発すると、一漢とおせんがふいに崩れ落ちまして。それぞれ確かめますと、絶命しておりました」

「なんと……」

脇坂は牢の前まで来て、しばらく立ち尽くした。

「八重垣を白洲《しらす》まで引っ張り出せると思ったのですが」

と、脇坂は言った。

ここは八丁堀にある白河《しらかわ》藩の上屋敷。

このたびの一連のできごとを定信に報告に来たのである。

「そうか。奇怪なことがあったものよのう」

「ええ。おそらく、すでに仕込んであったのでしょう」

「仕込んで?」

「竜光の掛け声で絶命してしまうよう、あらかじめ暗示のようなものを与えていたのではないでしょうか」

「そのようなことができるのか」

「なにか激しい驚きや絶望を味わうようにすれば、衝撃で心《しん》ノ臓《ぞう》が止まってしまうのかもしれません。もちろん、そこまでの暗示をかけるには一朝一夕ではできないのでしょうが」

「なるほどな」

「恐るべきやつらです」

「だが、それはわしらも焦るなということだろう」

「焦るなと？」

「大奥との戦いは、おそらく長い戦いになる」

「どれくらいかかるでしょう？」

「十年、いや二十年」

と、定信は言った。

「十年も二十年も」

脇坂は悔しそうに言った。

「だが、大奥というのはそれくらいやっかいなところなのだ」

「わかりました」

「やれるか、脇坂？」

「もちろんです」

脇坂はそう言って、定信の屋敷を辞した。

まだ若いのである。

時という宝物はたっぷり持っている。

脇坂は汐留の屋敷にもどりながら、西の夕焼けを睨《にら》みつつ、真っ赤な顔で叫んだ。

「神も仏も、大奥も、このおれが裁いてやるぜ！」


（完）

時代小説文庫
か 14-3

閻《えん》魔《ま》裁《さば》き㊂ 吠《ほ》えろ閻魔《えんま》

著者 風《かぜ》野《の》真《ま》知《ち》雄《お》

2018年8月18日第一刷発行

発行者 角川春樹

発行所 株式会社 角川春樹事務所
〒102-0074 東京都千代田区九段南2-1-30 イタリア文化会館

電話 03(3263)5247［編集］ 03(3263)5881［営業］

印刷・製本 中央精版印刷株式会社

フォーマット・デザイン＆シンボルマーク 芦澤泰偉

ISBN978-4-7584-4191-9 C0193

http://www.kadokawaharuki.co.jp/［営業］
fanmail@kadokawaharuki.co.jp［編集］ ご意見・ご感想をお寄せください。